新潮文庫

楽隊のうさぎ

中沢けい著

新潮社版

7051

楽隊のうさぎ＊目次

楽隊のうさぎ

第一章　草の中の瞳《ひとみ》

花の木公園にはうさぎが棲《す》んでいる。克久《かつひさ》がうさぎを見つけたのは、小学校の卒業式が終わって間もなくだった。寒いどんより曇った午後だ。うさぎはまだ茶色い草の中で丸い目をして動かなかった。静かに、ほんとうに静かに草の中で背を丸めていた。

小学校を卒業した少年が、中学校の入学式にのぞむまで、たった二週間である。その二週間がどのくらい奇妙な時間であるか、想像がつくだろうか？　時間のちょっとしたエアポケットがそこにはある。

あれほど大人びていた六年生が、かわいい新入生に化けてしまう。まるで時が逆流しているようだ。逆流しているけれど、ちゃんと前へ進んでいる。渦を巻きながら。

こぶしの花が咲き終わろうとしていた。桜は蕾《つぼみ》を用意しながら寒い風に震えた。時の渦巻きはその間に声変わりが始まる前の少年にいたずらをする。

克久は小学校の卒業式に出席するために、お父さんからネクタイの結び方を教えてもらった。

「これから毎日、ネクタイは自分で締めなきゃいけないんだ」

お父さんは満足そうに言った。

克久が入学する市立花の木中学の制服はネクタイにブレザーだった。なのに、靴は白い運動靴と決められていた。洋服屋で制服の採寸をした。

「一寸《ちょっと》、大きめに」

これがお母さんと洋服屋の合言葉だ。一寸どころじゃない。めちゃめちゃ大きめだ。鏡の中にいるのは、てんで子どもの克久だ。試着室から出ると、何がおかしいんだか、さっぱり解《わか》らないが、お母さんはけたけた笑った。Tシャツの上に上着を着たから余計に間が抜けた。

花の木公園でうさぎをみつけたのはそんな頃だった。

花の木公園にうさぎが棲んでいるなんて、信じられない。周りは団地とマンションばかりなんだから。克久が足を止めた先で、うさぎは背中を丸めていた。息をころして、耳を澄ましている。

ほんとうにうさぎなのか？　克久も息をひそめた。生きたうさぎだ。静かに動いている背中が温かそうだ。触りたい。触りたいけれど手を伸ばしたとたんに、絶対、うさぎは駆け出すに違いない。消えてしまったら最後だ。

また同級生に「ウソツキ」と呼ばれるに違いない。いなくなったうさぎが、「いた」

ということをどうやって証明したらいいのだろう。克久は草の中で息をするうさぎをじっと見ていた。うさぎと一緒に息をしているような感じがした。ゆっくりと注意深く息をした。

うさぎと一緒に息をしていると、克久を意地悪くなじった同級生の顔がぼんやりとかすんでくる。ぼやけた顔に、

「言いたければ、言えばいいさ」

という克久自身の声がかぶさっていく。なんだか気が落ち着くのはどうしてだろう。克久はしわだらけになった自分の気持ちが、だんだん、のびのびするのを感じた。穏やかに幸福だった。

しかし、そういう心持ちはうさぎと一緒に消えてしまいそうだ。

その日、克久が花の木公園で、うさぎをどのくらいじっと見ていたかと言うと、きっと三十分くらいだ。もっと長かったかもしれない。曇っていた空に薄日が射《さ》してきて、うさぎの背中もぬくぬくと春の陽の光に暖かかった。

「君、吹奏楽部に入らないか？」

「エ、スイソウガク!?」

中学校の入学式から二日が過ぎた。

みんなが紺色の制服を着て、かしこまっている教室はなんだか居心地が悪い。小学校の教室より暗い感じがした。だから、登校する時も、下足箱の前でのろのろしてしまう。

「ドンクサイ」とか「クサイ」と言われたのかもしれない。ドキッとした。

「あの、ブラバンです。ブラバンなんです」

三人の上級生が克久を取り囲む。人相の悪い三人組だ。やたら背の高いのが一人。ひょろりと伸びたところに四角い顔が載っていた。捕物帳に出て来る道具、刺股《さすまた》みたいに、なんだかいかめしかった。もう一人は冷たそう。冷徹の権化《ごんげ》。悪人面《づら》は悪人面でも、経済事犯か横領か、知能犯の類《たぐい》だった。

克久が苦手だといちばん感じるのは、知能犯めいた人相だ。

「メロディー・ハーモニー・ロングトーン」

「ハァ」

と、知能犯がばかにしたように甲高い声を出した。悪人面でも、ばかにされたほうは、山賊めいていた。

刺股、知能犯、山賊の悪党三人組は、

「男がいないんだ。男がほしい」

克久を取り囲んで、わけの分からないことを言っていた。上履きを片手にしたまま、返事のしようがなくて、克久はきょとんとしていた。コ・コ・コワイ。そんな感じもした。

部活は全員加入。中学の新入生説明会ではそう言われたけれども、克久の頭に部活のことはひとつもなかった。と言うより、考えたくなかった。

学校にいる時間はなるべく短くしたい。それが克久の方針だった。何も考えないこと。何も感じないこと。それが小学校でいじめられていた克久が身につけた知恵だった。

お母さんに自分からいじめられていると言ったことはない。なぐられたり、蹴《け》られたりなら言えたかもしれない。ただ、お母さんが、百合子《ゆりこ》と言うのだけれど、克久を問いただしたことはある。彼が早い時間に家に帰って、夕方、再放送のテレビを見ていた時だ。

「なんか、イヤなことでもあったの」

「ない」

その時、克久はテレビの画面から目を離さずに答えた。持ち物をとられたり、道具

を壊されたりしたら、お母さんはもう一寸、彼に詰めよったかもしれない。いつもは
「こっちを向いて答えなさい」と言う百合子は、

「そう」

と短く言ったきり、あとは何も言わなかった。

「こっちを向いて答えなさい」と言われなかったことに克久は肩すかしをくったような、でも、ほっとしたような気持ちになった。夕食の時も百合子は何も言わなかった。クサイと言われたり、シカト、つまり無視されたりするのは、言いにくいところがある。言うと自分が汚れるような感じがする。「何かあっても毅然《きぜん》としていればいいのよ」と百合子が言ったのはいつ頃だったか。もう冬が来る頃だったかもしれない。

お母さんの言う毅然とした態度と、克久が自分で見出《みいだ》した態度はどこが違うのだろう。何も考えない。何も感じない。そうすれば大丈夫。克久は心を灰色に塗り固めるのが上手になった。もし、その手際《てぎわ》を人にみせることができたら、きっと感心してもらえるだろう。プロの左官屋だって、そんなに鮮やかに塗り固めてしまうことはできない。

困ることがひとつだけある。心を灰色に塗り固めるのが上手になると、同時に、何もかもを忘れてしまう。それはそれで楽でいいのだが、年中、忘れものにあわてふた

めくはめになる。

過去が塗り固められるから、未来への時間も広がっていかなくなる。中学校の新入生説明会なんて、息をつめているだけの時間にしかならない。もちろん、どんな部活に入るかなんて考えてもみなかった。

そこに人相の悪い三人組だ。

「男がほしいんだ」

山賊が言えば、すかさず刺股が、

「そうそう、オトコがほしいのよ」

と、こちらはなにやら気色悪い声音《こわね》までつけて、くねくねした。

「それじゃあ、おかまだろ」

知能犯が眉《まゆ》をひそめた。山賊は「おかまじゃなくてホモなのよ」と知能犯に抱きつきかけたが、どうも知能犯は本気で不愉快になっていたらしい。おふざけには乗らないでいると、すかさず刺股が山賊に蹴りを入れる振りをした。

克久は右手に上履きを持ったまま、ぽかんとしている。生徒はどんどん登校して来た。

三人組がふざけだすと、もうブラスバンドへの勧誘だか何だか、さっぱり解らなくなってしまう。ただ楽し気に、くっついたり、離れたり、わけのわからないことを口走ったりしているだけだ。

こうなると克久の返事などどうでもいいらしい。克久は急に自分の心を灰色に塗り固めはじめた。意思でそうしたのではなくて、自分が三人組のいる空気の外側に放り出されそうになったら、自動的にスイッチが入ったみたいだ。

「放課後、音楽室で練習しているから見に来てくださあい」

くださあい、と語尾をのばした音が、灰色に塗り固められた心の前でするりと滑り落ちた。耳を澄ませば、下足箱のある出入口とは別棟の音楽室で朝練習をしている部員たちの楽器の音が聞こえてくるはずだった。克久の耳にそれが聞こえないのは当然だ。

三人組は反応のない克久を放り出して、登校したばかりの女の子をつかまえた。

「あ、ブラバン、ブラバン、ブラバンなんですが、いやブラバンじゃなくてブラス！」

山賊は刺股に組みつかれながら早口で言う。

「ブラスバンドですか？」

女の子は上履きの紐《ひも》を結びながら、きれいな声で聞き返す。それから顔をあげて、まだ突っ立っていた克久に「おはよ」と言った。

いきなり「おはよ」だから、克久が塗り固めた灰色の壁にひび割れが入った。その時、彼の耳に高く澄んだトランペットの音が、ほんの少しだけ聞こえた。

「いや、そのブラバンじゃなくて、吹奏楽部なんですが」

刺股は真面目《まじめ》な口をきこうとして、あせっている。その横で、苦笑いをした知能犯が、

「トランペット、吹いてみませんか。すぐ吹けるようになります。なにしろ、こうゆうやさしい、それにおもしろい先輩がちゃんと教えます。面倒みます」

と女の子を説得にかかった。

その年、花の木中学吹奏楽部は、部員集めで必死になっていた。伝説になっている三年に一度巡り来るという危機の年だった。

三年に一度の部員不足の話はOBたちから聞いてはいた。練習の計画をたてるにしても、曲の解釈をするにしても、何事にも手慣れた三年生がごっそりと卒業してしまう年が、必ず三年に一度はやって来る。

「なんだか、さびしいな」

そう言う新三年生もいたが、深刻な部員不足は、さびしいなどと言っている場合で

はなかった。今年の卒業生は二十八名。五十人編成で出場するコンクールに出るには、どうしたって同じ数の一年生を入部させなければならない。

「仮にね、二十八人、入部したとしてね。全部が夏のコンクールまで部に残るとは限らないじゃないか」

毎年、入部一カ月目か二カ月目でやめる一年生は必ずいるのだ。だから、卒業生と同数の一年生が入ったとしても、不安は残るというのが、練習に集まる部員たちの話題だ。三年に一度、部員不足が起こると予想が立つのだから、毎年、毎年、余分に部員を確保すればいいじゃないかという名案も、いつも部員不足が、肌身に感じられてから出る名案だった。つまりあと知恵というやつ。

そうでない時は、部員の数のことなんか考えてはいない。ただ、ただ練習、練習、練習以外、何もないというのが、二年連続で全国大会出場を果たした花の木中学の吹奏楽部だ。昨年は全国大会で金賞もとっている。体育会系文化部とか言われるゆえんだ。

もし、克久が学校にいる時間はできるだけ短いほうがいいという方針を持っているのを知っていたら、誰も絶対に吹奏楽部に入れとは誘わなかっただろう。なにしろ、学校にいる時間がいちばん長いのは、吹奏楽部の部員だ。

毎朝、六時半には登校して、正門を出るのは八時過ぎというのも珍しくなかった。家にいるより、学校にいる時間のほうがよほど長い。

灰色に塗り固めたはずの心にひび割れが入った時、克久は何か目玉のようなものがきょろりと胸の中で動くのを感じた。何だろう？

よく解《わか》らないけれど、確かにきょろりと動いた。それからトランペットの音が聞こえたのだ。三年生は二階、二年生は三階、一年生は四階というふうに教室が配分されているから、階段はもう登校して来た生徒たちでひしめき合っていた。

教室についたら、ぐったりしてしまいそうな混雑だ。で、教室につくと、あの「おはよ」の子がいた。頭の髪の毛がつんつんと立った細っこい女の子とお喋《しゃべ》りをしている。谷崎弓子と言うのかと、克久は座席表で彼女の名前を確かめた。細っこい女の子と谷崎弓子は仲良さそうに喋っていた。

あ、これはあの公園にいたうさぎじゃないかと、胸の中できょろりと目玉を動かすものが何であったかに克久が気付いたのは、学校の授業が日課表通りに動き出して、四、五日ほどしてからだ。

最初にうさぎを見つけた日から、花の木公園の草はあっと言う間に青くなった。桜の花が咲くと、周囲を取り囲んだ団地からどっと人が繰り出した。バーベキュー禁止ということになっているけれど、誰もそんな看板は見ていない。あっちでも、こっちでも野菜や肉の焼ける良い匂《にお》いがした。

こんな騒ぎではうさぎなんかいるわけがない。克久でなくともそう思うのだろうが、うさぎはちゃあんといた。ジョギングコース用に加工された道のわきで、うさぎは耳を立ててじっとしていた。やっぱり、茶色い背中が温かそうに動いていた。

息をきらせながら汗だくで走るおじいさんや、お喋りをしながら二人で歩くおばさんが、ジョギングコースを行き交っても、うさぎはぴくりともしない。うさぎは知っているのだろう。人間がジョギングコースを外れて歩くことは滅多にないことを。

三度目にうさぎを見たのは、方針どおり学校を早くに出て、真《ま》っ直《す》ぐに家に帰らず、花の木公園の中へ寄り道をした時だった。宅地造成から三十年も過ぎた花の木公園は青葉の樹々《きぎ》でうっそうとしはじめていた。寄り道は、中学生の特権だった。小学生は決められた道を歩かなければいけない。中学生はどこをどう通っても誰も文句は言わないことになっている。学校の帰りに花の木公園に入った時、克久は、「あ、俺も中学生になったんだ」と実感が湧《わ》いた。なだらかな丘が三つもある花の木公園の中を、一人で歩いている自分の姿がくっきりと見える気がした。

この時は、うさぎがジョギングコースの脇《わき》の茂みの中へ入っていくのを見た。

お互いに見知らぬ同士が様子を窺《うかが》っている新入生の教室から、しだいに固さが抜けていく。教室の雰囲気がなごむのと反比例して克久は例の左官屋を呼び出し、心を灰色に塗り固めた。ところが、左官屋の手際の良さにおとらぬ素早さで、うさぎが飛び出して来る。澄んだ目できょろりとあたりを探っている。耳がぴんとたっている。いつから、うさぎが棲《す》むようになったのだろう。克久は自分の心ながら、うさぎが棲みついたのに驚いた。その間も「ブラスバンドに入りませんか」の人相の悪い三人組に何度も声を掛けられた。もっとも声を掛けたほうは、何度も同じ生徒に声を掛けているとは思ってない。

部員不足は吹奏楽部だけではなかった。野球部も、サッカー部も、バスケット部も、全部が部員不足の不安を抱えていた。

一時は十二クラスもあった花の木中学だが、克久の学年は八クラスに減っていた。年々に入学して来る生徒数が減るのは、集合住宅を抱えた地域の学校の宿命みたいなものだ。

それに一応、一年生は全員、部活加入ということになっているけれど、以前ほどはうるさく言わなくなった。一寸《ちょっと》だけ入ってすぐ止《や》めてしまう生徒もいる。家庭科部とか囲碁部みたいに週一回という部に入っていることにする生徒もいる。子どもの時から、体操をやっているとか、リトルリーグの野球をやっているとか、ヴァイオリンを習っていて音楽高校を受験するつもりだとか。ともかく部活なんてやってられないという生徒も多い。

「今時、あんな部活、部活って、あれはなあに。学校に子どもを縛りつけておくしか能がないのね」

なんて言う保護者もいる。保護者の考え方もばらばらだった。ばらばらなのに、どういうわけか学校を非難するとなると、団結してしまう。克久の言い方をすれば、おばさんパワーは怖いだった。

そんなわけで部員不足の不安は、大人気のパソコン部以外は多かれ少なかれ抱えていたのだ。しかし、教頭や校長が気をもんでいたのは、そもそも今年は何人の生徒が入学してくるかという問題だった。

勤め人の異動は三月下旬、ぎりぎりに決まることも珍しくない。だから、花の木中学校では年度末まで、クラスの数さえ決められない場合もままあった。克久が入学した年もぎりぎりまで、八クラスになるか七クラスになるかはっきりしなかった。転出する生徒がいれば、転入する生徒もいる。それが同じ数ではないから厄介だ。

校長の頭の中では生徒数の数字が点滅しながら、増えたり減ったりしていた。克久も、その点滅する数字の一つに加えられる可能性があった。父の久夫が突然、名古屋に転勤になった。単身赴任を強く主張したのは百合子だ。百合子には陶器を扱う店を持つという計画があった。夢のような話でもなくて、かなり現実的な計画段階にまで来ていた。

吹奏楽部の定期演奏会が開かれたのは、校長の頭の中で生徒数の数字が絶えず点滅している時期だった。毎年、三月の第四土曜日、午後六時開演、場所は市民ホールと決まっている。

客席は部員の家族はもちろん、OBもいる。地元のファンと呼べるようなお客さんもいた。

市民ホールの扉が開くのは五時三十分。部員たちは午前中から昼をはさんで、リハーサルを繰り返している。五時までリハーサルは続く。主旋律を担当する一パートを二年生に譲った三年生たちはリハーサルの間、かなり真剣に二年生の音に耳を傾けている。

正式にはもう卒業式が済んでいるのだから三年生は卒業生だ。けれども、定期演奏会が無事に終演に達するまでは、彼らは、花の木中学の三年生だ。卒業式は読点に過ぎない。三年間という時間が幕を閉じるのは、演奏会のあとだった。彼らはと書いたけれども、どこの吹奏楽部もそうであるように圧倒的に女生徒が多い。刺股、山賊、知能犯の三人組は中学校に残る男三人で、あとは全員、女生徒だった。

「音楽になっていない」

顧問の森勉はリハーサルの間、彼のお得意のセリフを低い声で繰り返していた。

主要な一パートの席を二年生に明け渡した三年生たちは、未来の音、つまりその年の夏の音を占っている。メンバーは前年、コンクールに出た時と変わっていないのだが、パートが入れ替えになっただけで、もう音が違うのである。三年生たちは最後に、二年生の音を支えるパートに回り、未来を託する。

女生徒が多いから、卒業式で泣いて、定期演奏会終演後にまた泣くという生徒もいる。しかし定演が終わるまで泣けないやというのが、だいたいの生徒の感覚だ。にもかかわらず、定演の終了後に泣いてしまうのは保護者のほうだったりする。部員たちはいつもと同じようにステージを静かに去る。

指揮をとると、しばしば時間を忘れる森勉も、この日ばかりは五時きっかりにリハーサルを切り上げた。六時、照明を落としたステージに部員が定められた位置につく。知能犯、いや、トランペットを担当している宗田は指揮者を待つこの短い時間の緊張が好きだった。彼は四月になると二年生になる。二年生で男の部員は彼一人だ。刺股は有木といい、クラリネット担当で、すでに部長を引き継いでいた。チューバが山賊の川島だ。川島の身体《からだ》も大きいけれど、彼が横に控えさせているチューバも金管楽器の中では最も巨大だった。

いつもの宗田なら校長の話が長いという事実を忘れたりはしなかっただろう。金曜日の朝の全校朝礼に出ている生徒なら、みんな知っている事実だ。しかし、定演である。席についた宗田は艶《つや》やかな絹の生地が、波打ちながらステージに広がるのを見ていた。いつもとは違う時間が広がる。

艶やかな絹の生地が波打ちながら、たっぷりとステージを包み、客席に広がる。客席のざわめきはしだいに収まる。指揮者が登場すると同時に、目に見えない絹地がすっと引っ張られ、皺《しわ》のない生地になる。そして、指揮棒が振られる瞬間、生地はぴんと張り詰める。

宗田がステージに上がるたびに見ている絹の生地はたぶん音というものを、見えるような感じにしたものだ。演奏会の音は最初の聴衆が客席に入る時から作られているのである。

波打っていた生地がぴんと張り詰める瞬間を待っていた彼が、開会の挨拶《あいさつ》に現れた校長をあまり気にしなかったのも、その特別な絹地が会場いっぱいに波打っているのが見えたからだ。校長の挨拶も、初めの一分は絹地の経糸《たていと》緯糸《よこいと》としてぴったりと織り込まれるものだった。

「今年も花の木中学校吹奏楽部は定期演奏会を開催することができました。これも、ひとえに地域の皆様方の温かな御支援のたまものです。吹奏楽部の諸君の日頃の努力の成果を今日は存分にお楽しみ下さい」

校長はこほんと小さな咳《せき》をした。あ、長くなるなと感じたのは宗田ではなくて、クラリネットの有木だった。オーケストラで言えばコンサートマスターの位置に今日、初めて正式に座った有木だ。有木は背中でこほんという小さな咳を聞いた。

咳をした校長の声は、それまでより少し高くなった。声のトーンが高くなると話が長くなる。どうかすると壇上で、ひとりごとを言っているみたいに延々と続くことがあった。自分自身でも話の締めくくりかたが解らなくなるのかもしれない。この日も、「近年は少子化ということがしきりに言われますが」と少子化一般について話し出すと、エンドレス状態に入った。

いつだったか、ブラバンの部員同士で、もし大災害があって、花の木中が避難場所になったら、校長先生はどうするだろうという話が出た。決まっているよ、いつものように鼻歌を歌いながら、「あ、皆様、御苦労様です」と言って歩いてるよと、誰かが答えて大笑いになった。

校長は学校の廊下を歩く時、無意識にハミングをする癖があった。曲はたいていビートルズの何かだ。「コンドルは飛んでいく」の時もある。とても機嫌の良い日には「テネシーワルツ」だったりした。

ここのところ、新年度にずっと入学してくる生徒数のことしか考えていなかった校長は、話題を少子化という一般論に持っていってからは、すっかり自分の話の迷路にはまってしまった。記録的な長さになる校長挨拶が始まった。

金曜日の朝の全校朝礼の長い話に慣れている生徒たちだって、あんなに長い挨拶は聞いたことがない。宗田の目の前に広がった波打つ絹地の海は、消えてなくなってしまった。かわりに、退屈したり、お喋りを始めたりする客席が見えてきた。ここは学校ではないから、整列した生徒のように我慢はしてくれない。前から三番目の席で、小学生がビスケットを食べていた。

先刻《さっき》まで洗いたての洗濯物のように真っ白な輝きを持っていた宗田のプライドが、校長の長い話に吹き飛ばされて、泥だらけ皺だらけで丸まった。長いだけでなくて、この先、ブラスバンド部も続けてゆかれなくなるかもしれないなんて言っていた。

学校には幾つもの部がある。ブラスバンドだけ特別と言うわけにはいかない。五十人もの部員を確保するというのも難しいだろう。なんと言っても少子化ですから、と校長の話は続いた。

部員不足は川島も有木も宗田も気にはしていた。いちばん、部員不足を気にかけていたのは、チューバの川島だろう。気にかけてはいたが、宗田のように小学校に行って音楽クラブの子どもを教えてもらうというような具体的な手は思いつかなかった。有木は有木で部員の中に、弟や妹が入学してくる家はないかを調べていた。二人とも一月頃からそういうことをしていたが黙っていたのだ。

「大編成のメンバーでクラシックの演奏をするより、もっと時代に即応した軽音楽の方向に転換するとかも考えなければなりません。小人数でみんなが楽しめるかたちを探すことも必要でしょう」

一般論としては校長の言うことも正しい。校長も単に一般論としてその場の思いつきで喋っているにすぎなかった。

とは言え、その場で一般論を言えてしまうのは、吹奏楽部の部員たちがどういう種類のプライドを持っていたかを、あまりにも知らな過ぎた。部員たちは、場合によっては称賛されても、ムカついたりする生徒だった。今、自分がどんな音を出しているのかを、自分の耳で判断できる訓練を積んだ部員たちは、そらぞらしい称賛も、喜ぶべきか否《いな》か判断できた。軽音楽への方向転換というのは、一般論でくることのできないプライドを持った人間の気持ちをばかにした響きがあった。ばかにしたと言うより、軽くあなどったと言ったほうがいいかもしれない。

「ムカつくなぁ」

川島が大きなチューバをそっと撫《な》ぜながらつぶやくと、オーボエのアキやんが振り向いて、にやりと笑った。

軽音楽だとチューバの出番なんかない。いや、チューバにはまだ少し出番のありそうな曲もあるけれど、ホルンなんか、ぜんぜんない。川島は一年生の時、初めてチューバを持たされた。楽譜も読めないのに、突然、こんなデカイやつを渡されても困るとあせった。もっとも、楽譜を読めるとか、読めないとかは、楽器の大きさとは関係はないのだけど。

ある時、練習の面倒を見に来ていたOBからほめられた。

「いい音だなあ。いい低音だよ」

「まあ、まあですか」

「地の底から湧《わ》き上がる怒りのような音って言うんだ。知ってた？」

知らなかった。そうか、地の底から湧き上がるような怒りというのかと、感心してしまい、以来、チューバ以外の楽器は考えられなくなった。

地の底からムカついてくる。これじゃあ、困る。やっぱり、地の底から湧き上がる怒りじゃなければねと、チューバをそっと撫ぜた。もっとも、一年生の時には「怒り」というより「ムカつく」という感じの音が、自分でも予想不可能な時にぱっと出ることがあった。彼らはそれをハズすと言う。どの楽器もたいていどこかでハズすのだけど、チューバの場合、「怒り」が「ムカつく」に転落する恥ずかしさは、俺じゃなきゃわからないと川島は思っていた。クラリネットなんて、ハズしてもかわいいところがあるのに、と言ったら、有木は怒るだろうか？

校長の長い話はまだ続いていた。

宗田なんか、目立たないようにそっとだけど、客席でビスケットを食べている小学生の女の子に、俺にもちょうだいの合図を送っていた。川島は時々、チューバを撫ぜては、「ムカつく」を「怒り」に作り替えていた。「ムカつく」が「怒り」になるのは悪い感じじゃない。もっとも、川島自身が怒ったのを見たことがある生徒も教師もほとんどいなかった。

これじゃあ、一曲目はひどいことになるなと気をもんでいたのは、コンサートマス

ターの席で澄ましていた有木だ。午前中からリハーサルだから、疲労感さえ漂ってい
て、開演前の緊張なんてものは、どこを探したってない。有木は神経質に眉《まゆ》をひそめ
た。で、横を向くと、そこには、ついこのあいだまで彼の席に座っていた同じクラリ
ネットの鈴木さんが背を真《ま》っ直《す》ぐに伸ばして、指揮者の登場を待っていた。指揮者が
登場するまで、三分だろうと三十分だろうと関係ないという表情だった。
そして、いつものように森勉がせかせかと舞台に現れた。

「魚屋のカッちゃんがね」
お母さんが珍しく早く帰宅した。スパゲッティ・カルボナーラを作った。魚屋のカ
ッちゃんがどうしたのだろうかと克久は百合子の顔を見た。
「森先生ってすごくカッコいいって言うんだって。あんたの学校は音楽の先生は二人
いるんでしょ。二人とも男の先生なの？」
「一人は女の先生」
魚屋の息子のカッちゃんは勝美で、克久もカッちゃんと呼ばれた頃があり、二つ違
いだ。二人のカッちゃんは保育園でとても仲が良かった。克久にしてみると、仲が良
かったらしいということになる。魚屋のカッちゃんとは小学校が違っていたので仲良

しだと言われてもぴんとこない。二人のカッちゃんのお母さんは今でも仲良しで、道端で出会うたびに長々と喋《しゃべ》っていた。きっと今日もお喋りをしてきたのだ。

「それがねえ、カッちゃんのお母さんが不思議がっているんだ。あんまり、カッコいい、カッコいいと言うから、どんな先生かと思ったら、ちんちくりんの猿だって」

「ちんちくりんの猿って言ったの？」

「うん。ほら、入学式の時、校歌斉唱の指揮をしていた先生でしょ。保護者席って後のほうで、あんまりよく見えなかったけど。髪の毛はぼさぼさだし、色黒だし、色黒いのにそばかすがあるし」

　そこまで見えれば充分だ。

「背、低いしねえ。カッちゃんのお母さんが不思議がっててさ。あんた解《わか》るかな、あの先生がカッコいいわけ？」

　そんなことを聞かれたって解るわけがない。

　バレー部のカッちゃんは、一度だけ廊下で「ヨッ」と声を掛けてくれた。でも、もう中学生で、保育園の園児じゃないから、カッちゃんと呼ぶわけにはいかない。克久は魚屋の名字も覚えていない。まさか、魚勝さん、こんにちはとも言えない。

「魚勝さん、そんなに不思議がっていたの？」

何か言わないと、百合子が不機嫌になるのを克久は知っていた。一人息子をやるのも楽ではなかった。相の手の入れ方だけなら、お父さんより俺の方が上手かもしれないと思うことがある。

「そうなの。今の中学生の趣味って解らないって、言っていた」

趣味が解らないと言えば、なんでスパゲッティ・カルボナーラをこんなに大きな益子《まし こ》焼の皿に盛らなくちゃいけないのか、理解不能だ。でも最近はこれが百合子のお気に入りらしい。

「あんた、解る？」

解るかと言われたって、ちんちくりんの森先生がカッコいいと言うのは、魚勝のカッちゃんの趣味で、中学生一般の趣味とは言えないだろう。魚勝のカッちゃんは変わった美意識の持ち主かもしれない。それに克久のクラスの音楽は、入学式の時、ピアノを弾いていた女の先生が担当していたから、直接、森先生は知らない。知っていることと言えば、森先生はおっそろしい速さで廊下を真《ま》っ直《す》ぐに歩く先生だということくらいだ。

生徒たちが掃除をしている時間でも、「チョクシン」という感じですたすた歩いて行く。それで誰にもぶつかったり鉢合わせしたりしないのが不思議と言えば不思議だった。それにバレー部の魚勝の息子が惚《ほ》れ込んでしまったという謎《なぞ》を加えれば、謎は二つということになった。

「それでどうしたの？」

「あんたに解る？ と聞いているのに、その返事はないでしょ」

あ、しまったと克久は首をすくめた。今日、放課後のことだけど、ハミングでなんだか気楽そうな曲を口ずさんでいた校長が、森先生の「チョクシン」をひょいとよけた場面を思い出して、うわの空になっていた。克久は「テネシーワルツ」なんか知らない。けれども、今日の校長の曲はそれだった。

おばさんたちが集まるのは苦手だと克久はため息が出る。たとえ二人でも、その中のひとりが自分の母親でも、いや、それだから余計に苦手だ。入学式の日も、午後から、おばさんたちは学校の近くのファミレスに集まってお喋りをしていた。

おばさんたちは、五、六人集まると、中学生か高校生みたいな気分になるんだと言っても、克久は信じないだろう。当人であるおばさんたちも、きっと、それを認めない。が、中学校へ子どもを入学させた母親というものは、幼い子を育て終えた解放感が深いのは事実だ。安堵《あんど》と解放感に、中学校への違和感が加わる。時には自分の中学時代の陰気臭い思い出が混入することもある。それで、お喋りは学校の悪口、教師の悪口に傾く。中学生同士がお喋りしているのと、あまり変わらないのだ。その強力なパワーを除けば。

克久から見ると強力なおばさんパワーは脅威以外の何ものでもない。そこで何かが話題になると、大空に黒雲が湧く勢いであたりを覆《おお》い尽くしてしまう。脅威的な母親のネットワークを考えれば、滅多なことは言えなかった。もちろん、一番大事な話、例えば息子がクラスでシカトされているなんていう話は聞いても、母親は他人には話さないと信じていた。

ただなぁと克久は思う。大事な話や秘密にしておいてもらいたい話はそう簡単によそで喋らないが、仲良しのおばさん同士は喋るんだよねえと、これがけっこう、その、ナニなんだと、なんだか不安になる。別に具体的に何が不安というのでもないが、やっぱりあのパワーは脅威だ。

「中学校、おもしろい？」

「まあね」

答えが短過ぎるけど、それ以外に言いようがない。

「何が、一番おもしろい？」

勉強に行っているんだぞ、おもしろいことなんかねえョと言ってみたい。言ったら、たぶんお母さんは怒り出す。怒るとおばさん十人分の迫力がある。

そういう生意気な口をきかれると、すごく年をとった気がするのだそうだ。気がするだけで、ほんとうに鏡に映る顔が不細工になると言う。

「AETの先生がいることかな」

ここは無難にやり過ごす。

「何？　そのAETって」

ほらね、面倒なことを聞かれないで済む。

感じとか気持ちとか言ったって、壁を塗るように何も感じないようにしているんだから、聞かれても困る。まさか、壁塗りのスピードがアップしたなんて言えない。

「アシスタント・イングリッシュ・ティーチャーかな、最後はティーチングかもしれないけど」

「あ、英会話の先生ね」

「カリフォルニアから来たんだって。ミズ・スーザン」

「ミズを使うの？」

「うん。スーザンさんはミズを使えって」

「何か、喋った？」

「当たり前だろ。英会話の時間なんだから」

あ、やってしまった。お母さんが不機嫌になりそうだ。克久はちょっと爆撃に備える気分になったが、うまいことに百合子は忙しかった。お皿を流しに下げると、さっさと家に持ち帰った仕事を始めた。

何か喋ったと言われても、ハウ・アー・ユウと言ったら、アイム・ファインと言えと教えられただけだ。風邪ひいたり、頭が痛かったり、お腹《なか》をこわしている時はどうするんだろう。

ミズ・スーザンは栗色《くりいろ》のショートヘアだ。くりくりした目と大きな前歯を持っている。

翌日、克久は何か質問しろと言われて、

「ドウ・ユウ・ライク・ラビット？」

と言った。ラビット？　あのラビットかと、目をくりくりさせたミズ・スーザンは両手を頭の上に出して動かした。

そのラビットなんだけど、何か聞き返されたら、お手上げだ。それにしても、ミズ・スーザンはうさぎによく似ていた。髪の毛の栗毛なんて、花の木公園のうさぎの毛と同じ色だ。うさぎのことを考えていたら、

「オクダ！　奥田克久」

いきなりフルネームで呼ばれたから、びっくりした。呼んだのは英語の江藤先生だ。克久はなにがなんだか解らない。

どうも、ミズ・スーザンが手でうさぎの耳を作りながら、何かたずねていたらしいのだが、克久の頭の中がしばし空白になっていた。江藤先生がしょうがないなあと言ったところで、折よくチャイムが鳴る。

うそじゃなくて、ほんとうに冷や汗をかいた。

うさぎは好きかとたずねたのまでは、はっきりしていたのに、あとは教室の中で別のことを考えていたらしい。

授業中に冷や汗をかくような経験をしたのは初めてだ。彼は義務という観念をそれほど強く頭に持っているわけではないが、暗黙のうちに勉強はしなければならないものと感じていた。それに授業時間はさほどに苦痛ではない。

例の左官屋が出て来て、彼の心を灰色に塗り固めてくれると、黒板に書かれた文字や先生の声は案外、すらすらと頭に入った。中学に入ってから左官屋の仕事は確実にスピードアップしている。

英語のアルファベットであろうと、数式でも、化学記号でも変わりはない。克久は授業中、教室の中で一人きりになった気分でいた。一人きりというのは、気持ちがいい。

学校の中に、生徒会だの部活だのと余計なものがなくて、朝、授業を受けに来て、六時間目のチャイムが鳴ったら、すぐ帰るというようになっていたら、どんなに気持ちがいいだろうと思う。学校は勉強をしに行くところだ。これなら誰でも解りやすい理屈だ。

どういうのだか、今日はミズ・スーザンの目を見ていたら、時間の流れが不意に止まった。

「おい、奥田克久」

やたらフルネームで呼ばれる日だ。帰り支度をしていた克久に声を掛けたのは相田守だった。嫌なやつが声を掛けてきたものだ。どうして、また、こいつと同じクラスにならなければいけないんだと、気が重くなるほど相田守が苦手だった。

苦手ならさっさと逃げ出せばいい。それが克久の方針にも合っている。が、相田の絶えずあいまいに微笑を浮かべた表情に出会うと、動けなくなってしまう。

「おい、サッカー部を見に行こうよ」

相田と目が合ったとたんに、彼のペースに巻き込まれた。イヤな感じだ。克久には強引に聞こえる相田の声が、ある種の大人たちには元気の良い少年の声に聞こえる。時にはリーダーシップがあると評価された。人を巻き込むタイミングを心得ている点では、リーダーシップがあると言えるのかもしれない。

「サッカー部に入るつもりなの？」

おずおずと聞くところが、ペースに巻き込まれた証拠だった。

「そうだな。親がサッカー部か野球部に入れって言ってるんだ」

相田ならサッカー部でも野球部でもレギュラーのポジションを確実にものにできるだろう。グラウンドから「ハナチュウ、ファイト、ファイト」という掛け声が聞こえて来た。仮入部期間で、学校生活の目的がある生徒はそれぞれ思うところの部活に参加していた。

既視感《きしかん》。前にも同じようなことがあった。相田が克久を誘って、誘いにのった克久は、

「お前、クサいな」

と言われた。それがどんな事情だったのか、詳しくは思い描けない。真面目《まじめ》過ぎるとか、偽善的だとか、うそくさいという意味の俗語であるクサいを相田は鋭利な刃物みたいに使う。ぐさりとくるのだ。ぐさりときた感じだけが残っていて、あとは全部、

忘れていた。同じことを繰り返しているのかもしれない。

克久は放課後の時間を仕方なしに、相田につき合ってサッカー部を見学した。

「玉、ころがして、おもしろいのかな」

相田は帰り道でそんなことを言った。言葉の外で克久に同意を求める言い方だった。相田が親分、克久が子分という間柄を作ろうとしているかのように、冷たい声だ。

克久は黙っていた。

以前もこんなふうに黙っていたのだ。

「夢中になれるやつっていいるんだな」

克久は黙っていた。そうすネと返事をすると、相田の気分が晴れるのは予想がついた。相田は小学生の時、そんなふうに克久に返事をさせようとしたけれど、失敗していた。

「毎日、毎日さ、よく続けるな」

今度はやはり何か言わないとまずいだろうか？　返事をするのは簡単だった。「そうすネ」これだけですむ。言わなければ気まずいことになる。

「そうすネ」という返事をするのは簡単なことだが、言ってしまうと、もっとまずいことになる。克久は既視感をまだひきずっていて、ともすると既視感が二度目のチャンスだよとささやいた。これを逃すと、またひどい目に遭わされるかもしれない。克久自身、相田に相槌《あいづち》を打つことが、なぜそんなにまずいと感じるのか、よく解《わか》らなかった。

でも、まずい。

まずいけれど、何か言わなくちゃと唇を動かしかけたとたん、後からばかでかい女の声がした。

「さようなら」

谷崎弓子だった。二人と同じクラスの谷崎弓子は出席をとられる度に「タニザキじゃなくて、ヤザキです」と訂正していた。

「なんだ、あいつ」

二人を早足で追い越して行った谷崎を見送りながら相田が呆《あき》れた。

「あいつ、毎朝、おはよって言うんだぞ。ばかじゃないか」

「あ、いいます。おはよって」

ばかじゃないかは余分だけど、谷崎の「お・は・よ」には克久もびくっとさせられていた。克久たちのいた小学校では、女子はだいぶ前から男子に挨拶《あいさつ》なんかしなくなっていた。

「二小の女子ってさ、おはよとか言うよな」

「そう言えば、そうだ」

谷崎弓子みたいにばかでかい声で言うやつはいないが、他の子たちもみんな「おはよ」ぐらいは言った。

「これって、異文化？」

「異文化って、そりゃ、おおげさ」

相田は調子を狂わされて、克久に相槌を打たせるのをすっかり忘れた。克久たちの第一小学校と谷崎弓子がいた第二小学校では、学校の雰囲気が違ったのは確かだ。

「二小って、ばかじゃん」

なんとか、これで相田は調子を取り戻した。克久が相槌を打ってくれれば、彼の勝利だ。もし、「そんなことない」と答えれば、「お前、クサいな」で終わりである。相田の声には冷たい響きがあって、相手をねじ伏せようとする感じがした。やっぱり、何か返事をしないといけないみたいだと、下を向いた克久を今度は猛スピードで追い抜いた自転車があった。

「アイ・ライク・ラビット！」

ミズ・スーザンだった。返事をするひまもなく、自転車は遠くまで走っていた。

「お前！ うさぎが好きなのか」

「僕じゃないですよ。ミズ・スーザンです」

どうも、調子を狂わされっぱなしの相田守であった。

「僕、ブラスバンドに入ろうと思っているんです」

言った克久もびっくりした。何か答えなきゃいけない、答えなければと、おどされている心持ちに「そうすネ」と言う返事以外は全部、消えてしまっていたから、いったい、どこから、そんな答えが出たのか解らなかった。

胸の中でうさぎがきょろりと目玉を動かした。きょろりと克久の顔を見たうさぎは、お尻《しり》を向けると、ぴょんぴょんとはねて行ってしまった。

「ブラスバンドって、あのブンチャカの⁉」

ばかじゃんと続けかけて、相田守は、先刻《さっき》から同じ文句を自分が繰り返しているのに気付いた。これでは、なんとかの一つ覚えで、ちっとも威力はない。そこに気付いたものの、調子を狂わされっぱなしの彼としては、黙り込むよりほかにとりあえずの手立てはなかった。冷ややかな悪口の在庫なら山ほど仕入れてあるはずなのに、黙るほかないのは彼としてはかなり心外な現実だった。

ひょっとして、「こいつ」はと、克久はそれまで考えてもみなかったことを考えたのは、赤い夕陽が並んだ団地の向こうに沈んでいこうとしている時だった。

ひょっとして、こいつは俺と張り合っているんじゃないか？

考えてみたこともなかったことを二つもいっぺんに考えるなんて、これはどうしたことだろう。オレ、何ヲ考エテイルンダロウ。頭の回転が速くなったのか、遅くなったのか、そこのところは見当がつかないけれど、克久は確かに「オレ」を使ってものを考えていた。だから、相田を呼ぶのも「君」になった。

「君、野球とサッカーのどちらに入るの？」

「吹奏楽なんて、お前、朝から晩までブウブウ、ドンチャカやって、どこがおもしろいんだか解りゃしない」

「君だったら、野球でもサッカーでもレギュラーになれるじゃないか」

「前に聞いたんだけど、すげえ、金かかるってさ。森のやつ、マジで高い楽器を買えって言うんだって。おふくろが言ってたぞ。中学生になんでそんな高い楽器が必要なんだって」

相田が調子を取り戻そうとしていた。

「つまんなかったら、部活なんて入らなけりゃいいじゃないか」

相田は調子を取り戻そうとしたが、克久との会話はぜんぜん噛《か》み合わなかった。

「お前、あんなもん、女がやるもんだぞ。座ったきりで動かないんだから。中学生のうちは身体《からだ》を使っておけって親父《おやじ》が言っていた」

「君はお父さんやお母さんの言うことをよく聞く人なんだ」

言ってしまってから、余計なことを喋《しゃべ》ったと後悔した。

第二章　ベンちゃん登場

しょうちゃんは変わった子だ。

「吉祥寺の祥で祥子。しょうこです。しょうちゃんと呼んで下さい」

と自己紹介する前から変わった子だと思っていた。克久のクラスにいる谷崎弓子と仲が良いとみえて、時々、教室に現れた。一度見たら、忘れられない容姿だ。美人の基準が時代によって変化しても、しょうちゃんがその基準の中に入ることは絶対なさそうだ。人間の美意識が決定的に変化して、ベティさんとかサザエさんが絶世の美女に数えられるようになれば話は別だが、それは克久の想像力のうちには入っていなかった。

短い髪。髪が硬いから頭の上で立っていた。後頭部には少しだが刈り上げまで入っていた。校則では女子の頭髪について、前髪は眉毛《まゆげ》が隠れない程度とか、衿《えり》に毛先がついたら、黒ゴムでしばるとか、細かな決まりがあったが、しょうちゃんの頭髪はまったく校則に違反していない。それなのに、すごく校則違反をしているような感じがする。短いスカート。ほかの生徒より三センチは短い。短いスカートからにょっきりと、めちゃくちゃ細い足が伸びていた。それも、ガニ股《また》気味で。

しょうちゃんが笑うと、なんだか、苦い感じがする。口の中で仁丹《じんたん》を噛《か》みつぶしたみたいだ。女子で克久のことを「オクダ！」と呼ぶのも、しょうちゃんだけだった。よりによって、なんで、しょうちゃんと二人で打楽器を担当することになったのだろうと、克久は少し迷惑に感じていた。

その年、吹奏楽部は三十三名の一年生を確保した。有木たちが、部員の弟や妹に声をかけたり、小学校の音楽クラブにいた生徒を説得したりした成果だった。

「これで、夏の大会にエントリーできる」と胸を撫《な》でおろすのはまだ早い。入部してきた一年生をそれぞれの担当パートに割り振らなければならない。パートが早々に決まってしまったのは、しょうちゃんと克久だけだった。あとはまだ、パートが決まっていない。おおむね、本人の希望でパートは決まる。けれども、例えばトランペットを希望しても唇の形がトランペットのマウスピースに合わないということもある。

補充が欲しいパートと、人気の集まるパートが必ずしも一致しないのも悩みの種だ。トランペット、サキソフォン、フルート、こんなパートは人気が集まった。みんな、ソロがとりやすいパートで、それだけ一般的な馴染《なじ》みも深かった。パートの割り振りは難しい。が、もっと深刻なのは、楽譜が読めない一年生をどうするか⁉ だった。

有木は部長連の生徒に囲まれた。部長連。変わった言葉だ。ブチョウレン。たぶん漢字で書くと、部長連なのだろう。けれども、部長連合なのか、部長連盟なのか、はたまた部長連絡会なのか、誰も知らない。知っているのは吹奏楽部が部長連なしにはどうにもならないということだけだ。花の木中学吹奏楽部だけでなしに、どこの学校でもたいてい部長連が吹奏楽部を動かしていた。

部長の有木を取り囲んでいるのは、部長連の面々だ。校舎の西の端にある音楽室はそろそろ暗くなりかけていた。

全体から部長が一人出る。これがのっぽの有木だ。木管部門から一人、金管と打楽器部門から一人、それぞれ副部長が出る。あとはクラリネットから一人、トランペットから一人、打楽器から一人というふうに、各々《おのおの》のパートからパートリーダーが出る。

「ちょっと、有木君!」

パートリーダーの一人が有木に詰め寄った。いつも、練習の終わりに部長連は残って翌日の打ち合わせをする。

「あんた、さっきから、五つの単語しか言っていないのよ」

吹奏楽部の運営は部長連の打ち合わせで動く合議制だ。もっとも、克久は中学に入学してから議長団という単語を覚えた。学級の運営も議長団による合議制だった。とは言え、部長連と議長団では、かなり真剣さが違った。

「五つ？ 五つってなんだ？」

有木は相手の声があんまり鋭いので、思わず、あとずさった。

「まあまあと、だからと、それからと、どうしようと、困ったねの五つよ」

言われてみれば確かに、その五つくらいしか言葉を使っていなかった。オーボエの鈴木さんは鋭い。確かに有木は五つしか言葉を使っていないが、十二名いる部長連の面々が勝手にまくしたてているところに、どうやって口をはさめと言うのだろうか。

有木は唇を突き出して、「まあまあ」と言った。

学級の議長団が、責任を分散させる仕組みだとすれば、吹奏楽の部長連は責任を明確にさせる仕組みだ。似ているようで違う。

部長連の面々が怒るのも無理はない理由があった。夏のコンクールの自由曲は毎年、二月頃には決まっていた。その総譜《スコア》を部長連のメンバーが読み、年間の練習見通しをたてる。各パートごとの練習計画をたてる。さらにフレーズごとに、パートを組み合わせた練習の計画を作る。

かなり綿密な計画が立てられている。そうでなければ、音の複雑な組み合わせである音楽は生まれない。そこへ、一年生が乱入したという状態が今の花の木中学吹奏楽部だ。

吹奏楽の練習は堅固な煉瓦《れんが》を積み上げていくようなものだと思っていい。部員が集まって合奏をする場面を思い描く人もいるだろうが、それは最後の仕上げとでも言うべきものだ。実際、コンクール直前になれば、毎日、全員の演奏がある。そこで、煉瓦は一個の構築された音楽となる。一つ一つの煉瓦が組み立てられるのは、石屋の力強く寡黙《かもく》な作業とよく似ていた。

部長連の力が強いのは、各々のパートについて、その練習法や楽器の管理に習熟しているからだ。どんな指導者も、毎日、楽器をいじっている生徒ほどそれぞれの楽器に詳しいわけではない。部員の作業は、煉瓦を焼くのに似ている。煉瓦よりも自然石を切り出すとしたほうが、より実際に近い。

音というものは、なるほど、この世の中に無限に存在している。例えば、クラリネットなら、クラリネットの音だけでも大きな山一つぶんくらいの音が、あの黒くて細い楽器の中に埋まっている。そこから、思い通りの音を切り出すのである。切り出された音は組み合わされなければならない。

演奏者が切り出した音が、精妙に組み合わされる時の快感には、えも言われぬものがあった。吹奏楽部が三年に一度ずつ、部員不足に見舞われるのも、このことと無関係ではない。いったい、どうやって、音符も読めない一年生に音を切り出す感覚を伝えろというのだろう。有木でなくてもため息が出る。

一難去って、また一難だと、有木はため息をのどの奥で押し殺していた。もし、うっかりため息をもらせば、それでなくても、いきり立っている部長連の面々から「やる気がない」とブーイングが出るに決まっていた。下手をすれば、話は一年生をどうするかというところから発展して、有木自身が掃除をさぼったことや、宿題を書き写させてもらったことや、その他もろもろの失敗の苦情を蒸し返すことになりかねなかった。有木はため息をつくかわりに、ネクタイをはずして、ポケットに突っ込んだ。

宗田の言っていた通りだ。音楽室の扉を開けると、一年生がうじゃうじゃいた。散乱しているという感じだと宗田は言った。やかましいこと、このうえなかった。まるで小人の国へ足を踏み込んだみたいだ。どういうのだか、みんな、背が低いのだ。ひっきりなしにお喋《しゃべ》りをしている。ちょこまか動き回っている。誰が誰やらさっぱり解《わか》らない。

目が回りそうだ。宗田の言い方をすれば毎日、目眩《めまい》がした。

「このド素人《しろうと》をいったい、どうやって大会に連れて行くんだ⁉」

宗田は思わず大きな声を出した。

音楽室の扉は防音効果のある厚いものだから、扉を開いたとたんに一年生のお喋りがうわっとあふれ出した。まるで土砂崩れだ。

どうやって、どこから、どのようにして、手をつけたらいいのか。まるでお手上げ。

来月には課題曲の総譜《スコア》もあがってくる。課題曲も、総譜《スコア》に通し番号を振り、まとまりのあるフレーズごとに分ける。個人練習、パート練習、関連パートとのフレーズの練習の見通しを立てるのも、自由曲と同じ手順だ。音の石工の仕事は忙しい。いつもなら、音の石工たちはそれぞれの持ち分の音に磨きをかけているところだ。

一年生は石工の親方を見つけ、見習いになっているはずだった。まず音を出すことから始まる。吹けば音が出るというものじゃない。一発で音を出す生徒もいれば、なかなか音の出ない一年生もいた。楽譜が読めない生徒には、パート譜に読みがなを振ってやる。見習いの世話も楽じゃない。

それが見習いを決める以前に、土砂崩れみたいな騒ぎだ。土砂崩れでは石工の仕事も手の出しようがなかった。信じられないような無秩序な音があふれている。一年生は毎年、入学して来るのだから、予想がつきそうなものだが、実際に目の前にしてみると、そのエネルギーに圧倒された。土砂崩れを想像するのと、現実に巻き込まれるのでは、まるで違う出来事だった。

宗田は目眩がしそうになって入口に立ちつくしていると、

「チョーメンドイ！」

とオーボエの鈴木女史が音楽室に入って行った。階段をどたどた上がって来たのは川島だった。

「おい、お前、まだ弟子は決まらないのか。俺はちゃあんと弟子を決めたんだぞ」

そう言って、すたすた音楽準備室の方に消えた。ちょろちょろする一年生の真ん中にぼうっと突っ立っているのは奥田克久だ。しょうちゃんは「ぎゃあ」とか「うわっ」とか意味不明の声を上げながら、谷崎弓子とふざけている。一年生って、こんなに背が低かったっけ、一年生ってこんなにパワーがあふれていたっけと戸惑い気味の宗田の目が、ようやく谷崎弓子を見分けた。一人、見分けがつくとなんとか他の生徒の見分けもついて来る。

今年の一年生はなんだか解らないけれどもちょっとすごい。ちょっとじゃなくて、すごく、スゴイ。宗田は有木に土砂崩れに遭遇した感想をそう話した。

有木が部長連の面々に囲まれるのも、今日が初めてではなかった。十二人の怒れる女たちは一昨日も細身の有木君を取り囲んでいた。昨日も同じように苦情が山積みになった。おまけに昨日は、帰宅が遅れて、学習塾を休んでしまった。今日もこのぶんでは、学習塾は、休まざるをえない。ということは、怒っている女は十二人ではない。もう一人いる。そのもう一人は、もちろん有木の帰りを、家で、今か、今かと待っている。「あなたは受験生でしょ」が近頃、口癖になった彼の母親だ。

各パートから上がってくる苦情はまだまだ続く。

「これじゃ練習にならない」

「なんとか早く一年生の所属パートを決めてもらわないと、どうにもならない」

「一年生の態度がでかい」

「なんで、あんなに背が低いんだ!」

と、これは身長が伸び過ぎてしまったのを気にしている打楽器のパートリーダーの藤尾さんの意見。

「適性というものがあるでしょ。無闇《むやみ》にフルート吹きたい、トランペットやりたいと言われても困る」

三日前から出てくる苦情は変わっていない。「まあまあ」「だから」「それから」「どうしよう」「困ったね」のたった五つの表現でこの難局を乗り越えているのだから、部長の有木は案外、大物なのかもしれない。

「ともかく今週中にはなんとか一年生のパートを決めてしまいましょう」

オーボエの鈴木さんが言った。これも昨日と同じ。もう結論は出ているのだが、お腹《なか》にたまった文句は言わないと気がすまない部長連だった。ここ二日間の経験からすると、鈴木さんが結論を口に出してから、苦情はもう一巡りすることになる。有木はとうとうため息を押し殺しきれなくなって、窓を開けに行った。窓を開ける振りをして、夕闇の中へそっとため息を逃した。

救いの神は音楽室の扉のほうから現れた。

「や、皆さん、熱心ですね。こんにちは」

楽器屋の水野さんがにこにこした顔を出す。ほんとうなら、とうにみんな帰ってしまった時刻だ。グラウンドを最後まで使っている野球部でさえ、もう一人もいない。

「音楽室の灯りがついていて助かった。お約束は今日でしたものね。すみません」

これで、みんなは思い出した。うじゃうじゃしている一年生に気をとられていたが、修理に出したり調整に出したりする楽器が幾つもあるのを忘れていた。

有木だけは「まだ、もう一人怒っている女がいるんだな」と頭をかいていた。

ところで、楽隊なんて古風な言葉は、音楽ファンの間ではほとんど思い出されることもない。音楽学校に通っている生徒もあまり使わないだろう。ところが、音楽には興味がない人間のあいだでは結構、生きているのであった。生きているだけでなしに、親から子へ受け継がれていた。

克久は魚屋のカッちゃんに、道でばったり出会った時、

「ガクタイに入ったんだってな。森先生によろしくな」

と言われた。ヘンな気がした。カッちゃんお得意のおとぼけだったかもしれない。口に出して楽隊とは言わないまでも、「要するに楽隊だろう」と思っているおじさんやおばさんは結構いるのは解った。

「男の子なのに、吹奏楽なんていいわね」

そう言われることもある。男の子なのにというところに、ほんとうの意味が隠されているのぐらい、克久でものみ込める。いいわねはおまけだった。

「なんで、吹奏楽なんかに入ったの？」

と質問されることもあった。こっちのほうが率直な感じがした。なんでと言われても、「入っちゃったんだから、入っちゃったんだ」としか克久には答えられない。連休で名古屋から家に戻ったお父さんに同じことを聞かれた時はそうも言えないから何と答えたかと言うと、次のようなものだった。

「なんとなく」

よそのおばさんに答えるより、よほど、ぶっきらぼうになった。お父さんは、「中学生なんだから、身体《からだ》を鍛えたほうが良い」と言ったのではないと克久は思う。彼の考えは当たっていた。たぶん深い考えがあって、言ったことがあるから、父の久夫はそう言ったのだ。しかし、自分がバレー部にいたとは絶対、言わなかった。久夫の母親、つまり克久のお祖母《ばあ》さんだが、彼女はなぜか団体競技大反対で、久夫は内証でバレー部に入っていた。中学生は身体を鍛えたほうが良いが、他人の責任まで背負い込む団体競技は反対という親の奇妙な言い分を思い出すと、久夫はまだ喉《のど》の奥に何かひっかかっている気がした。

話は前後するが、お母さんは最初、驚いていた。次に克久が聞かれるといちばん困ることを質《ただ》した。

「学校にいる時間はなるべく短くしたかったんじゃないの？」

そうなんだ。それなのに朝六時半には、朝練習に出掛けて行く。夕方は七時頃まで学校で練習するはめになった。

いったい、これは何なんだ⁉　克久自身が自分で呆《あき》れていた。学校にいる時間はなるべく短くしたいという彼自身の考えは今でも変わっていなかった。だから、母の百合子の質問はどうやってもまともに答えられないものだった。

学校でも相田守がまた冷たい目で、自分を見ているのを感じると、余計に克久は学校にいる時間を短くしたくなった。危険な感じがした。イヤな予感もする。不安は怯《おび》えにつながった。

「君はお父さんやお母さんの言うことをよく聞く人なんだ」

いつか、そんなことを言ったのは、たいへんにまずかったのかもしれない。

幸いなことにと言うのか、それとも、ここのところ多忙で百合子の注意力が散漫になっていたからなのか、彼女は克久を深く問い詰めたりはしなかった。次の質問が飛んで来た。

「お金がずいぶんかかるって聞いたけど？」

「いや、そうでもない」

だって、スティック一組で、たぶん千円ぐらいだ。そう言おうと思ったが、百合子があっちこっちから聞き込んできたあいまいな話を喋り出したから止《や》めた。

親に言うときっとヘンなかんぐりをされるから黙っていたけれど、最初に音楽室をのぞきに行った時、ティンパニを叩《たた》かせてもらった。背の高い藤尾さんが叩くと、大空に轟《とどろ》く、雷のような音がした。ロールという連続打だ。克久が叩くと、キャタピラ付きのままのブルドーザーがアスファルトの路面を走るように、ガタガタガタといった。ついでにアスファルトの路面には穴ぼこがあいている感じだ。

ガタガタガタボコボコガタ。

大空に鳴り響く雷鳴とはほど遠い。

「君、ティンパニをこんなふうに叩いてみたい？」

「え、ま、そうです」

「じゃ、これで練習して」

スティックを二本渡された。これで決まり。何にも考える暇はない。速攻である。

克久が最初から吹奏楽部に入ろうという少年だったら、こんなに速攻で決まることはなかっただろう。打楽器、つまりパーカッションで、部員は略してパーカスと呼んでいるけれど、初めからパーカス希望なんていう生徒は滅多にいない。いるとしたら、よっぽど変わり者だ。藤尾さんはよっぽど変わり者の一人だったから、克久がパーカス向きだと見抜いたに違いなかった。

不思議なことに、吹奏楽部は一年生のパート決めに大騒ぎをしているのに、音楽室に森先生は現れない。上級生はそれを別段、不思議とも何とも感じていないらしい。

上級生たちは森先生をベンちゃんと呼んでいた。森勉だからベンちゃん。解ったような解らないような話である。

もちろん、先生の目の前ではベンちゃんなどとは言わない。あとで解ることだが、森先生とも呼ばない。呼ぶ時は先生である。しかし先生と呼びかけることさえ滅多になかった。

森先生は音楽室に現れない。

ごくたまに現れても、例の早足でやって来て、上級生とひと言、ふた言、何か、言葉を交わして、また足早に去ってしまった。

これで森先生の謎《なぞ》がまた一つ増えた。

箇条書きにしてみると次のようになる。
一、なぜ、魚屋のカッちゃんは森先生のファンになったのか？
二、なぜ森先生は廊下をあんなに速く歩いても誰ともぶつからずにすむのか？
三、なぜ森先生はベンちゃんと呼ばれているのか？
四、なぜ森先生は音楽室に滅多に現れないのか？
これに克久は五番目の謎を付け加えていた。
五、なぜ森先生の眉毛《まゆげ》はあんなに太いのか？

注意して顔をまじまじと眺めると、かたそうな毛が密集した太い眉毛がついていた。一度だけ、克久はなぜか、この眉毛でにらまれたような気がしたことがあった。それはほんの一瞬の出来事だ。

例によって廊下の向こうから森先生がチョクシンという感じですたすた歩いて来た。昼休みだった。あたりには他の生徒もいた。森先生に行き会った克久は、ちょっとおじぎをして、顔をあげたとたん、眉毛にぎろりとにらまれた。絶対、目ではなかった。なぜなら、森先生もまた、少しだけおじぎを返したのである。その時、克久はこんな黒々とした眉毛は見たことがないと驚いた。

ベンちゃんの眉毛が独特なのには、しょうちゃんも気付いていた。

「眉毛でにらむんだよね。じろって」

しょうちゃんがそう言った。

克久はパーカッションパートの相棒である祥子とあまり話がしたくなかった。相田守に近付きたくないのは、また、どんな意地の悪い仕掛けをしてくるのか、用心の気持ちが働くからだ。祥子は意地の悪いことなんか少しもしそうになかった。むしろ、いじめられっ子のほうだ。昔風に言うならみそっかす。今はクズとかゴミとか言うけれども、まあ、そっちのほうで、一緒にいると、なんだか、自分までが巻き添えを食いそうだった。

それでも二人は並んで練習をする。練習と言ったって、机を叩くだけだ。メトロノームとにらめっこをしながら机を叩く。

第三章　ミネルヴァのリズム

細っこいしょうちゃんと克久が並んで、机を叩《たた》いているのは、なかなか奇妙な眺めだ。二人の前では、メトロノームが、かちかちと首を横に振っていた。二人はメトロノームが刻むリズムに合わせて、机を叩いている。

ひたすら、それだけ。

ほかには何もない。

叩くたびに踵《かかと》をひょいと上げる。最初は踵を上げるタイミングが二人ともばらばらで、ぎこちなかったが、最近ではそろってきた。ゼンマイ仕掛けの人形が、動いているみたいだ。

克久は真面目《まじめ》な顔をしていた。しょうちゃんはにこりともしない。

他のパート、例えば、ホルンでもトランペットでもフルートでも、音を出すのに苦労はするが、しばらくすると簡単な音階くらいは吹くことができるようになる。それから、メロディーらしいものも吹けるようになった。つまり進歩というものが目に見えてあるのだ。ところが、克久たちは、タンタンタンとメトロノームの刻むリズムに合わせて、ひたすら机を叩いた。

他のパートの生徒のなかには、新品の楽器を買ってもらった者もいた。金管楽器の音は、ブライト、つまり輝く音と言われるけれども、音が輝く以前に、新品の輝きがまぶしかった。上級生たちも、新入生が楽器を購入する度に興味を持った。

楽器購入については、保護者の間でひと悶着《もんちゃく》あったことを百合子が聞き込んで来ていた。中学生が使うにしては高価すぎる楽器を購入するように言われたと言うのだ。確かに森勉は、もし購入するのならば、音の調子が合う楽器をこちらで指定するから、それを使ってくれと言うのを、百合子も部活動保護者会で聞いた。それ以外の楽器を購入するくらいなら学校の備品を使って欲しいとも言った。親同士の噂話《うわさばなし》だと、その後段が落ちていた。が、保護者会の席上では質問も苦情も出なかった。出る暇がなかった。森勉は必要な事柄だけ言うと、あとは保護者会の中から選出された役員に全《すべ》てをまかせて、すたすたと歩いて行ってしまったということだ。うむを言わせない感じだったと百合子が言った。

打楽器、つまりパーカッション部門では楽器購入というのは、縁の無い話だから、百合子もそれで納得したのかもしれない。だいたい3DKのマンションにはティンパニの置き場所などあるはずがない。マリンバだって、銅鑼《どら》だって同じことだ。小太鼓、それを吹奏楽部の生徒たちはスネアと呼んでいたが、スネアくらいなら個人の家でも置けた。克久たちが机を叩いているのも、スネアを叩くための基礎練習だ。よほどの名手になれば、スネアだけで興味深いリズムを叩き出すということも可能だろうが、克久たちはあくまでも、トントントンと粒のそろった音を作るのが当面の目標だった。単純で退屈な練習であった。少なくともはた目にはそう見えた。とうとう、念願のトランペットのパートを手に入れたばかりか、新品の楽器まで手に入れた谷崎弓子などはもの怖《お》じしない性格だから、克久に面と向かって言ったものだ。

「あんた、あれ、どういう気分でやってるの」

「べつに、どういう気分って言われても」

克久は答えに窮した。谷崎弓子はしきりに不思議がったが、克久にしてみると不思議でも何でもなかった。しょうちゃんはどう感じているのか解《わか》らなかったが、克久にはパーカスの基礎練習は性分に合っていた。藤尾さんがそこのところを一目《ひとめ》で見分けたとすれば、なかなかの眼力だった。今のところ、克久としょうちゃんは藤尾さんのお弟子だった。五月の連休には、パーカッションパートの卒業生もやって来て面倒を見てくれたが、なんと言っても、毎日、気をくばってくれる藤尾さんに勝るものはない。このお師匠はなぜか、旧式のメトロノームが好きで、それ以外を使わせない。棒の先端に錘《おもり》がついた三角形のあれだ。他のパートでは、カード型で電子音が拍子を数えるメトロノームを使っているのに、克久としょうちゃんは、首を振るメトロノームが相手だった。

首を振るメトロノームを相手に、音の粒をそろえるという練習は、音楽というものをやっているというより、細かな手作業に没頭している感じがした。花の木中学の四方を囲むフェンスに絡《から》んだ薔薇《ばら》の蕾《つぼみ》がふくらむ季節になると、克久にも藤尾さんの言う音の粒というものが見える気がしてきた。大きな粒か、小さな粒か。耳の中で音は確かに粒になって頭蓋骨《ずがいこつ》の奥のほうへ消えていく。と言っても何か考えてそうなるのではなく、手の作業が確実にその粒を作り出しているのだった。

手作業に没頭していると、相方がしょうちゃんであるのも気にならなくなってくる。しょうちゃん自身は自分のキャラクターを強烈に押し出すタイプだが、克久の目で見ると、彼女はやはりいじめられるタイプなのだ。昔風に言えば、みそっかすとか爪弾《つまはじ》きとかに数えられることになる女の子だが、なにか、もっと直截《ちょくせつ》な悪意を引き出す要素があった。短くて硬い髪は嘲笑《ちょうしょう》を誘わずにはおかなかった。くねくねと曲がった唇の線は、いたぶってやろうという気持ちを引き出した。なぜなのかは誰にも解らないが、しょうちゃんの容姿は、人間が胸の中に隠している悪意や嫉妬《しっと》を簡単に引き出してしまう性質を持っていた。

みそっかすとか、爪弾き、あるいは仲間はずれという昔風の言葉は、自分たちと性質の違うものを排除しようという方向性がある。裏返して言えば、自分たちの仲間と認められる態度をとれば、みそっかすにも爪弾きにもならない。しかし克久が恐れているのは、方向性など何もないいじめであった。いたぶる標的を探しているようなそれだ。

こう書くと、今の時代の少年や少女は血も涙もないような冷血漢に見えるかもしれない。冷血漢。これも書いていて古い言葉だという感じがする。実際、克久の経験に耳を傾けてみれば、それがやはり古めかしい言葉であることを認めないわけにはいかないだろう。何のために標的を探すのかと言えば、いたぶる相手がいれば、いじめる方も、自分が血の通った人間である感触を取り戻せるからだ。奇妙な表現に思えるかもしれないが、結局、いじめにかかる方も、あっちこっちで感情や自尊心を傷つけられてきている痛みを、押し殺して我慢しているのだから、他人の苦しみを見て初めて自分の痛みが解放できるという具合になっている。標的を探しているというのはそういう意味だ。

標的になりたくなければ、自尊心の固まりのような人間の子分になるしかない。どちらかの選択しかない。これはすさまじい世界だ。

だから、克久は怯《おび》えると、それは汗・唾液《だえき》・粘液・血といった人間の体液でべたべたに汚れたイメージが浮かんで仕方がなかった。相手は汗も流せば涙も流す、血も出るというのを確かめたくて、やむに止《や》まれぬ衝動を抱いていた。確かめなければ納得できないのだ。納得しないうちに想像力を働かせて止めろというのは、どこか空々しい話だ。そう、彼は肌で感じていた。

祥子の容姿というのは、標的とするにはぴったりであった。しなびた顔はちょっと突っつけば簡単に涙を流しそうだった。鼻水をすすりあげながら、くやしがりそうだった。わめけば、唾液もたらしそうだ。祥子と一緒にいると克久も、べたべたした体液で汚れた標的の一つに数えられそうで不安だった。

少年たちはこんな回りくどい表現はしない。事柄をもっと単純明快に言う。

いじめたいから、いじめる。

それだけ。単純明快でなおかつ正確だ。

こんなわけで、克久が祥子のそばになるべく居たくないと感じていたのは、かなり切迫した感覚を伴っていた。にもかかわらず、手作業めいた基礎練習をしていると、そのことをすっかり忘れてしまう。しょうちゃんは、最初からパーカス志望という変わった女の子だ。

彼女は何でも叩いてしまう。叩いた物の音がちゃんと見えるようだ。音程の違いが最初から解っていて、勝手気ままに音楽室にあるものを叩くと、陽気なリズムが生まれる。

祥子と谷崎弓子、それにもう一人、一年生でトランペットパートをとった山村正男は、陽気なトリオだった。この三人は授業が終わるといちばん先に音楽室に駆け込んで来た。祥子が練習の支度に素直にとりかかるということはなくて、彼女が何か叩くと、谷崎と山村のふたりがにこにこと調子に乗って、ふざけていた。宗田はトランペットのふたりの下級生の名字からヤザキとヤマムラの頭文字をとって、YとYでワイワイコンビと名付けた。ワイワイコンビといえども、パーカスのしょうちゃんがいなければ、これほど愉快になることはない。しょうちゃんの作り出すリズムはノリがいい。ノリがいいだけでなしに、彼女が思いつきで何かを叩いていると、あたりが明るくなる。しなびた顔であるしょうちゃんの皺《しわ》が、笑顔満面に変わった。

いつも背筋を伸ばして澄ました顔をしている藤尾さんと祥子は対照的だ。この二人に共通点があるとすれば、多少、変人的要素を備えているところだろうか。祥子の変人的要素というのは、解りやすい。パーカスのメンバーだけでなしに、部員全部からお師匠さんと呼ばれている藤尾の場合は、外見はあまりにも冷静で、一寸《ちょっと》、変人には見えない。制服を脱いで私服に着替えれば、大人びて、中学生には見えない。そんな藤尾さんは時々、奇妙な時に笑う。みんなが絶対に笑顔にはなれないだろうという時に、滅多に笑わない藤尾さんがにやりと笑うのだ。

クラシックのパーカッションだけでなしに機会があればドラムも叩いてみたいと考えている陽気な祥子に「はい、練習」とスティックを渡すのは藤尾さんだった。

「お師匠さん、やるねえ」

ワイワイコンビに手を焼いている宗田などはそう言って、感心していた。藤尾が登場すると冷たい空気がすっと流れ込んで、背筋がぴんと伸びた。克久はこの背筋がぴんと伸びる感じが好きだった。教室では、あまり意識していなかったが、どうも背を丸めているらしい。背筋を伸ばしてみると、胸の中の霧が晴れる感じがした。いや、胸の中が不安や怯えでもやもやしているのさえ、それが晴れてみると、やっと自覚できるという具合だ。

祥子も真顔に戻った。彼女が真顔に戻りかける瞬間、どきっとするほど真剣な目つきをすることがあった。ワイワイコンビはトランペットを持って練習に出て行く。全部が音楽室で練習をするわけではない。

それぞれ、パートごとに広い校内に散らばって練習をしているのだ。そうしないと、どれが何の楽器の音なのか区別がつかなくなってしまう。クラリネットは三年生の教室の並びの空室になった教室、ホルンは二階から三階へ通じる階段わきにある踊り場、トランペットは理科室、フルートは家庭科室と、得意な場所があった。パーカスはどうしているかと言えば、これは常時、音楽室に陣取っていた。なにしろ、道具が多種類だ。その中にはトライアングルのように小さなものもあれば、ティンパニは言うに及ばず、マリンバなども簡単に持ち運びができる大きさではなかった。

学校じゅうに散らばってパート練習をする生徒の音を、森勉は職員室で聞いている。

五月も末になると、各パートは少しずつ一年生も加えて、コンクールの自由曲のパート練習を始める。学校のフェンスに絡んだ薔薇が満開になる頃には、課題曲のパート譜も配布された。配布されるのはそれだけではない。自由曲、課題曲に関係した資料も次々に配布されてくる。上級生たちが調べたものを印刷して配るのだが、なかには音楽辞典をそのままコピーした資料もあって、一年生には難しいものもあった。内容が読めないのではない。

字が読めない。

だいたい課題曲の曲名からして、克久には読めなかった。

「露木正登作曲　交響的譚詩〜吹奏楽のための」

これが課題曲だ。読めないのは「譚」の字だ。上級生たちは単に「タンシ」と言っていた。ところが克久の頭の中では、上級生の発音する「タンシ」という軽い発音と「譚」の字が結びつかない。上級生はまるで「ダンス」あるいは「ダンス」と言うように「タンシ」と発音する。いったい、こんな名前の曲をどう短くしたら「タンシ」となるのか不思議だった。そのうえ、チューバの川島などは「タンシィ」と語尾をCの音に化けさせていた。それ以上に不可解なのは、彼が渡されたパート譜だ。

おたまじゃくしがならんでいるだけ。

パーカスのパート譜だから、それで不思議はないのだが、これでは「交響的譚詩」なる曲はいかなる曲なのか片鱗《へんりん》さえつかめない。他のパートなら、まだ旋律らしいものの片鱗程度は読めるというものだ。もちろん、自由曲のほうも同じようなパート譜を渡されていた。

「Z・コダーイ作曲　ハンガリー民謡『くじゃく』による変奏曲」

これだって、パート譜はおたまじゃくしが並んでいるだけ。でも、他の学校の演奏の録音があった。

その年初めて、気温が三〇度を超えた日、克久は日直だった。花の木中学のフェンスの薔薇は丸くて小さな青い実を葉のかげから覗《のぞ》かせていた。

克久が日誌を付け終わる頃には、もう校舎のあっちこっちから吹奏楽部の練習の音が聞こえてきた。ロングトーン。音を合わせる練習だ。やはり金管楽器の音がいちばん響く。

職員室に日誌を持って行く。森勉が机に向かって何か書きものをしていた。克久は担任の机の上に日誌を置き、森勉の横顔をちらりと見た。見たとたんに彼の眉毛《まゆげ》がすっと動いた。まるで天井をにらむようだ。祥子が言っていた眉毛でにらむというやつだ。手はちっとも休んでいない。書きものは続けられていた。

ベンちゃんの眉毛がすっと上にあがった時、克久は天井から響いてくるトロンボーンの音に注意をひかれた。いつものように個人の基礎練習に入る前に音を合わせている。なんとなく、そうとしか言えないのだが、どこかふにゃふにゃしている音だ。

気合が入っていない。

森勉の手の動きが止まった。今度は顔を上げて、天井をにらんでいる。克久の動きも止まった。これから、どうなるのだろうと、息をひそめていた。週に二度ずつ、合奏の練習が始まっていたが、曲の途中でストップをかけられた時と同じように、真剣な顔で動作を止めていた。すると、トロンボーンの響きも止まった。森勉はあいかわらず無言で天井をにらんでいた。

再び、トロンボーンが響き出す。今度は見違えるようにしっかりとした響きだ。

「ほっ」

息を吐き出したのは克久である。

「これでよし」

とは森勉は言わなかったが、彼の手が机の上で動き出した時、克久はそういうベンちゃんの声を聞いたような気がした。隣の校舎からクラリネットの柔らかな音が風に運ばれて来た。

そう言えば、花の木公園のうさぎはどうしたのだろう？ すっかり忘れていた。なぜだか解《わか》らないが、克久は急にうさぎのことを思い出した。そして、自分が半袖《はんそで》のシャツを着て、そこに、夏の入口に立っているのが信じられない気分になった。大きな夏の入口はそこにあった。いったいどうやって、ここまで来たのだろうか？ 何かよく解らない不思議な道を歩いて、ひょっこり、まぶしい夏の光の前に出たようだった。

森勉が克久の顔を見ていた。克久も、この時は森先生の顔を、まるで初めて見る人の顔のように直視した。胸に棲《す》んでいるうさぎが耳をたてた。耳をたてて、校舎のあちこちから聞こえる練習の音をとらえた。

リズムを作る。単純な作業だが、克久にとってこれくらいおもしろい作業は他になかった。基礎練習は相変わらず、祥子と並んで机を叩《たた》くだけだ。もっとも、この頃になると課題曲と自由曲、つまり「譚詩」と「くじゃく」のパート練習が始まっていたし、基礎練習のほうもさすがにひとつ打ちだけではなくて、ふたつ打ち、みっつ打ちとアクセントをつけたものになっていた。それにしたところで、他のパートから見れば、練習と言うより修業みたいな風変わりな様子だった。おまけに、克久は祥子とあまり口をきかない。陽気な祥子も練習になると黙々と同じ動作を繰り返す。

はたから見て、それがどんなに単調に見えようとも、右手と左手を均等に使って、粒の揃《そろ》った音を出すのは簡単なことではなかった。しかし、音の粒が揃うというのは、それはそれは気持ちの良いものだった。

音の粒が揃うと、身体《からだ》の血の巡りが良くなる。克久は心臓が微笑するような感覚がそこにあるのを発見した。胸の中でうさぎが耳を澄ましている。ちょうど心臓のあたりで、耳を澄まして、叩き出される音の粒が揃っているのを眺めていた。

単純で単調なリズムだが、何かそこには知恵と呼ぶに足りるものがあった。どんな知恵だと言われても、克久には答えられないが、例の左官屋の仕事とは、まるで別の知恵があった。克久はもともと、一人でいることは苦にならない性質だ。一人息子で一人っ子だからかもしれない。百合子も仕事を持っていて忙しかったから、一人でいることに慣れたのかもしれない。理由は幾らだって考えることはできるし、解釈はいくらでもできるが、一人でいられる喜びを教えることは、解釈ではできない。克久は他の部員とのコンビネーションを必要とするパート練習より、単調な基礎練習のほうが好ましかった。一人でいることは苦にならないが、基礎練習をしていると、ある喜びの色を帯びてくる。小さな音の粒が克久の息をしている世界に向かって放たれると同時に、彼の身体へと染《し》み込んできた。パート練習で自分の役割を早くも意識し始めている祥子と克久の違いはそこにあった。

時々、思いがけぬ時に、克久の身体の中からリズムが顔を出す。トントントンと何かを叩いてみたくなる。夜、風呂《ふろ》に入ろうとしてパンツ一枚になったとたん、不意に、これだという感じがした。自分のスティックを持って来て、洗濯機をトントンとやった。背筋を伸ばして、この際、パンツ一枚なのは何の問題にもならない。服を着ている時と同じように、リズムに合わせて踵《かかと》を上げながら、トントントンと叩いた。

「あら、くじゃくとタンシのおけいこ」

風呂場の奇妙な音に気付いた百合子が顔を出した。パンツ一枚の克久が、スティックを構えて突っ立っている。百合子は「くじゃく」と「譚詩」を一つの曲だと勘違いしていた。そのうえ、彼女の頭の中では「くじゃくと端子」という文字になっていた。無理もない。克久の発音はバラードという意味の譚詩よりも、電気器具の取り付け具の端子に近かったのだから。

機械仕掛けのくじゃくの人形がぎこちなく動くような音楽というものを、百合子は連想した。パンツ一枚でスティックを持った息子と彼女の連想は矛盾しなかった。

「ねえ、こんど、トランクス、買ってあげる」

「やだ」

「だって、トランクスのほうがいいじゃん」

こんなやりとりを風呂場の入口でした。ブリーフよりもトランクスのほうが、まだ、克久の気紛れには合っているような気がした。「あんなもの」という顔の克久は、だんだん不機嫌な顔になった。風呂に入ろうとしていたのを思い出したのである。母親に眺められていては、風呂に入ろうにも入れない。百合子も、トランクスにしたらとか何とか軽口をききながら、突っ立っている息子に近寄り難いものを感じた。風呂場の入口より内側には絶対に入れないバリアを克久の身体そのものが放っていた。

一人前の男がこれから風呂を使おうというのだから、簡単に風呂場へ女が入って行けないのは当たり前のことだ。が、百合子にしてみると、つい、この間まで頭のてっぺんから足の先まで、ごしごしと、石鹸《せっけん》だらけにして洗っていたチビ助が近寄るなという気配を放つのは信じられない現象だ。

「俺、絶対にトランクスなんて、はかないよ。あっちへ行って。風呂に入るんだからさ」

「はいはい」

へんなところで火花が散りそうになった。克久が不機嫌そうに百合子を追い払おうとしたから、百合子も神経を逆なでされた。百合子も克久も、この時、今までとは違う時間が育っていることを気付いていなかった。克久は彼自身が自らの手で、時を刻み始めていた。

花の木公園の上に入道雲がのっそり現れた。強い陽射《ひざ》しで輝く雲の峰は、歯をみせて笑っている入道の顔だ。公園の周囲の集合住宅を見渡して快活に笑っている。雲の峰あたりから眺めれば、一帯が雑木林であった時代も、集合住宅が並んだ今も、同じ平野の広がりに見えるかもしれない。うさぎが草の中にいた。

「なんか、うざいんだ」

「そうだよね」

「陰でこそこそ、何か言うのやだもの」

「そういう感じする？」

「あれ、絶対、何か言っているよ。私の顔みて笑うのが、やな感じだもの」

祥子と谷崎弓子が熱心に喋《しゃべ》っていた。後から克久がついて行く。「おや？」と克久が首を傾《かし》げたのは、彼の目線より祥子の頭が上にあったからだ。また背が伸びたのだろうか。

朝七時だというのに、もう、そうとう暑い。花の木公園のあたり一帯はセミの声でいっぱいだ。公園の入口で祥子と弓子に出会った克久は聞くともなしに、二人の話を聞きながら歩いた。クラスの雰囲気が悪いという話だった。女子が二グループか三グループに割れているということだ。

「ねえ、変な感じしない？」

弓子は急に振り向いて克久に尋ねた。

「変って言われてもな」

夏休みに入って三日目である。夏休み前に各家庭に配布された部活動の練習表の中で吹奏楽部はひときわ目立っていた。なにしろ、全日の印である「F」の文字が、四十日間、ずらりと並んでいるところは他にない。「F」の文字が入っていなかったのは、八月の十三日、十四日、十五日の三日間だけだった。

これじゃあ、森先生も休む暇がないと感じる親は少なくて、これじゃあ、夏休みの意味がないと思うのは一年生の親だった。二年生も三年生もそれが当たり前になっていた。夏休みのうちに、父の赴任先である名古屋に来るように言われていた克久もちょっと困った。

「なんにも感じていないんだ」

「いや、そんなことはないけど」

弓子はこれだけスケジュールが詰まっているのに、クラスの中のごたごたした雰囲気にまで、よく気が回るもんだと克久は呆《あき》れたが、そうは言わなかった。

「なんかさ、わざとやる気ないって顔してみせるじゃん、あれ、やだね」

「どんな時にそんな顔をするの」

祥子はクラスが違うから、弓子の言うことが半分くらいしか解らなかった。弓子は克久に応援を頼んだわけだが、これが当てにならない。それより、克久は自分だけが、今のクラスでも孤立しているように感じることが、時々、あるのを思い出していた。

「どんな時って言われてもな。いつでもだもの。なんか、かったるくなるんだ、あんな顔されるとさ」

「あっちは、もとから、かったるいんだよ」

「あれって、伝染するよね」

セミがすこぶる勤勉に鳴いていた。朝のセミの声は針みたいにとがっていた。

あれって、かったるいんだよと弓子が言ったのは、クラスの中でなんとなく冷淡な素振りをしてみせる女の子たちのグループがあることをさしていた。何事にも冷ややかな態度をとると大人っぽく見える。冷静というものの力を知り始めた女の子が、それを乱用しているのかもしれない。

伝染すると言うけれども、そのことを話しているうちにかったるいのが伝染したらしい。弓子も祥子もだらだら歩いていた。後ろから行く克久も自然にだらだらした歩き方になった。そんなにのんびり歩いては、八時、音出しに間に合わなくなる。金管楽器や木管楽器はすぐに練習できるというものではなく、しばらくウォーミングアップをしなければならない。それが「音出し」だ。

夏休み中の練習は、音出しを三十分ほど各自でやった後、午前中は主にパート練習、午後はセクション練習、そして夕刻近くに合奏をするという繰り返しだった。

相田守が克久に不意打ちを食らわしたのは、二日前の夕刻、合奏の練習が終わったあとだ。珍しく七時前に切り上げになった。三年生たちが「なんだ、昨日とちっとも変わっていないじゃないか」とか「真剣さが足りない」と言っていたが、早目に切り上げになったのは、森勉が進歩というものを認めなかったからだ。克久は、いや、克久だけではなく、一年生は「真剣さが足りない」と言われても、これ以上、どう真剣になったらいいのか解らなかった。

靴をはきながら、ため息ばかりが出た。四つ目か五つ目のため息をもらした時のことだ。

「いい気になるなよ。かっこつけて」

背後からはなはだ冷たい声がかけられた。まったく無防備であった克久は、殴りつけられたのと同じくらい驚いた。冷たい水の中に突き落とされた感じだ。殴りつけられたのなら、殴り返すことができる。この時だって、はきかけた靴を放り出して追いかければ、殴り返すことはできた。しかし、彼は殴られてはいない。克久にとって、殴り返すということは、他人から見れば、克久が一方的に殴ったということになる。彼が相田を殴れば、相田の一言《ひとこと》はとるに足らない発言になるだろう。下手をすれば、克久が相田を殴った瞬間に、相田の冷やかしはすっかり消滅してしまい、理由もなく乱暴を働いた少年というレッテルを貼《は》られた克久だけが残る。

もっとも、この時、克久には相田を追いかけて殴るという俊敏さはなかった。彼は靴をはきかけたまま、固まってしまった。言葉でやられたものは言葉でやり返すという手もある。

「ばかやろう」

克久の運動神経の中に、この種の罵声《ばせい》を即座に繰り出す能力があれば、殴りつけるよりもマシな結果を出せたかもしれない。

「アホ!」

「オタンコナス!」

「トンマ!」

「マヌケ!」

単語は何でもいい。ともかく相田が至近距離にいるうちに、蹴《け》りの代わりの罵声を浴びせるには、彼の受けた教育はやや上品過ぎた。「目には目を、歯には歯を」という原初的な因果応報は彼の受けた教育のうちにはなかった。

そうではあっても、やはり少年たちは力と力をぶつけ合うという時期を過ごさなければならない。殴る蹴るという目に見える力のぶつかり合いではなく、現代の文明にふさわしい神経の戦いを彼らは挑む。神経戦がいくら陰湿だと言ったところで無意味だろう。いずれ、彼らが大人になった時、彼らは神経戦の様相を帯びた社会で生き抜かなければならないのだから。

相田のいかにも冷ややかな一言に、不意打ちを食ったまま、罵声の反撃に克久が出られなかった二つ目の理由はそこにある。毎日の練習で鋭敏になった克久の耳は、罵声を浴びせればすむという質の声ではなかったことを正確に聞き分けていた。当人は自分の耳がそんな正確さを持っていることなど少しも意識していないけれども、「ばかやろう」はこの場合、言ったほうを傷つけてしまう可能性もあることを感じはした。

少年たちの繰り広げる神経戦を大人はささいなことで傷つくと言う。彼らは現代人らしく、体力で戦わずに頭脳で戦っているのを承知しているのなら、ささいなことで傷つくと言ってもいいだろう。それならば、体力でぶつかり合うのが当たり前であった時代に、「殴られたら殴り返せ」と教えるのと同じことになる。往々にして、彼らがとてつもない神経戦のただ中に身を置いていることを知らずに、ささいなことで傷つくというような言葉を吐いて、神経戦の第一ラウンドでいくらかの負けを背負った人間の傷口をもう一度、叩《たた》くようなことが起こる。だから、彼らは何も言わなくなる。壮絶な神経戦のさなかに無神経な人間に登場されては、誰だって困る。

克久はしばらく固まっていた。

固まった身体《からだ》を少しずつ動かして、靴をはいた。夕闇《ゆうやみ》は学校のグラウンドいっぱいに広がっていた。

調子が悪くなったのは翌日からだ。スネアを打っていても、一つ、一つの音が弾まない。石ころがころがり出るような音だ。ベンちゃんは何も言わなかった。

何も言わなかったのは、ベンちゃんだけではない。藤尾さんも何も言わなかった。端から見ていたら、いつもと同じように練習を繰り返しているように見えるのかもしれなかった。祥子だけが、ぐさりと言った。

「なんだ、さえないな」

こんな時、祥子は男の子みたいな口をきく。そのうえ、ほんとうのことを言う。克久は腹を立てた。

「うるさいな」

乱暴な口を女の子にきいたのは初めてだ。まあ、祥子だから女の子を相手にしたという気はあまりしなかったが。

祥子は波打っている唇の結び目を余計に波打たせて、怒るよという顔をしかけたが、怒りの顔が途中でにやりとした笑いに変わった。克久のたった一つの防御術である感情を塗り固めて、相手を入り込ませないという仕事をする左官屋の留守を狙《ねら》った相田の奇襲攻撃は妙な方向に飛び火したものだ。

祥子が怒りそうな顔をしながら、途中で笑い出すという奇妙な反応をしなかったら、この火はもっと燃え上がったかもしれない。

藤尾さんの沈黙は別段、怖くなかった。毎日、練習しているのだから、良い時もあれば悪い時もあるのと澄ました表情だった。夏休みに入ってから、藤尾さんはまるで平常心が歩いているとでも言いたくなるくらい、澄ました顔をしていた。精神が張り詰めた少女の顔ほど大人っぽいものはないだろう。藤尾はそういう顔で、克久や祥子を見ていた。克久が怖いのはベンちゃんだ。克久が担当するスネアが石ころのような音で、しだいに全貌《ぜんぼう》を現し始めた「交響的譚詩《たんし》」や「くじゃく」の中に転がり込んでいくのを、ベンちゃんの耳が聞き逃すわけはなかった。それで、きちんとやろうとすると、ますます音が死んでいく。やる気を失っているわけではない。克久の耳が自分の放つ音にばかり集中してしまうのだ。もっとも、もし、こんな心理につかまった時に、他のパートの音まで耳にしたら、まだ十分に曲想がつかまえられたとは言えない演奏全部が石ころのように味気無い、無意味なものに響いたに違いない。

三年生と二年生はあせりだしていた。彼らにはコンクールまでの時間が見えていたから仕上げを急いでいた。一年生はのん気なものだ。小学生とは比べようもなく、飛躍的に「スゴイ演奏」をしている。想像を絶する進歩に満足を覚えてもいい。だから一年生と上級生の間の溝が広がる。

祥子は克久にいらいらした声でうるさいと言われてから何も言わなくなった。ただ、顔でさえないなぁとサインを送ってくる。変なのは川島で、お昼にいつもパンを一個ずつ克久にくれた。

「食わないとばてちゃうからな」

この男は時代がどう変わっても体力勝負だ。家が工務店を経営しているせいか、こんな文句がよく似合う。宗田は無理にパンを一個余分に食べさせようとするといつも、

「食えない時に食わせると、気持ち悪くなるぞ」

と言った。お昼は男の生徒ばかりで、かたまって食べた。克久は川島のくれるパンをただ黙々と口に運んだ。変になにやかにや言われるよりもただ腹がすいていると思われたほうが気が楽だった。無理に食わせるなと言った宗田は小さな声で、有木と、フルートの田中が部活をやめたがっているという話をしていた。一年生には聞かせないように小さな声で話していたが、「大会前は困るんだよな」という有木の嘆息だけは克久の耳にも届いた。

セミが力いっぱい鳴いている。花の木公園の森がふくれあがりそうだ。ここ二日ばかり自分の出す音が石ころに変わってしまった克久にはセミの声さえ、あまりに自信ありげでいまいましい。そのうえ、祥子と谷崎弓子にクラスの雰囲気が悪いという話につき合わされるはめになったのだから、これは朝からたまったものではなかった。太陽は今日も朝からぎらぎらしている。太陽の季節だ。

「あ、うさぎ、うさぎ！」

突然、祥子が木立の方向を指さした。

「え、どこ、どこ？」

祥子の指さした方向は陽の光がまぶしいだけだ。

「奥田君も見たでしょ。あそこをさ、うさぎがぴょんぴょんはねて行ったんだ」

克久が見ていたのは自分の足もとだった。

「こんなとこに、うさぎがいるの？」

谷崎弓子は祥子に言った。

「どんな色のうさぎだったの？」

克久が聞く。

「こんな大きさで茶色のやつがはねてた」

祥子は説明しながら我と我が目を疑うような声を出した。

「僕もね、うさぎを見たことあるんだ」

「え、奥田君も見たの、あたしだけ見なかったの。やだあ、そんなの」

「今、見たんじゃないよ。前に見たんだ」

「やだあ。あたしも見たかった。へえ、こんなところにうさぎがいるんだ」

「たぬきもいるよ。前に道路で死んでた」

祥子が残念がる弓子に言った。

「あんたたち、だらだら歩くと、リズムがおかしくなるよ」

弓子が見たがっていたうさぎのかわりに、藤尾さんが木立の中から出て来た。ほんとかうそか知らないが、リズムのとれないやつはたいてい歩き方がおかしいのだそうだ。少なくとも藤尾さんはそう信じていた。藤尾さんの後から有木が現れて、「音出しに遅れるぞ」と駆け抜けた。

石ころみたいな克久のスネアが、ようやく、なにか、ほんのちょっぴり光り出したのは、その暑い日も終わろうとする時だった。合奏の練習に入って、しばらくした頃で、石ころは石ころだけど、ちょっとだけ光っている。いいぞ、光ったぞ、ぴかりとした。克久は思わず笑みをもらした。全治三日間。いきなり冷たい水の中に落とされたような気分になって、三日で回復できれば、これはいいペースかもしれない。ちょっとだけ光ったと思ったら、すぐに身体全体が音に乗っていけるようになった。この調子。この調子。

祥子が克久を見て、いいねというふうに笑った。克久もいけるよとうなずいた。

「奥田！　奥田！　どこを見ているんだ」

森勉の声が飛んできたのは、「交響的譚詩」を通しで二回練習した時だった。昨日まで克久は名指しでは何も言われたことはなかった。ベンちゃんの声は、怒鳴り声になることはなかったが、太くてしっかりした声だ。名指しで声をかけられただけでも、どきりとするのに、「奥田！」と来た時に窓の外がぴかりと光った。稲光である。

「指揮を見ろ。指揮をしっかり見ろ。お前だけどんどん先に刻んじゃっているんだ」

どうも雷雲はまだ遠くにいるらしい。

「いいか、指揮をしっかり見るんだ」

と森勉が念を押して、克久が「はい」と返事をしたとたんにどしゃんごろごろときた。どうも、克久にとって今週はどっきり週間である。「はい」と返事をしたつもりが、雷の音にかき消されてしまった。外は一面の白い雨になった。

そんなことにおかまいなく、たぶん槍《やり》が降ろうが、赤い雪が降ろうが、練習は続くのである。森勉は「それじゃあ」何番からと、総譜《スコア》にふられた通し番号で、フレーズの始まりを指示する。全員が「はい」と答えた。新入生として入部してから一度も「はい」という返事をしろと言われたことはない。全員が「はい」と答えるのだから、誰か口をつぐんでいても一人くらいなら解《わか》りはしない。それなのに練習に熱が入ってくると、この「はい」という返事に張りが出てくる。鼻歌まじりに廊下を歩いている校長まで、一緒に返事をしたくなる「はい」の声だ。

「奥田！　オクダァ！　それに祥子！」

進行しはじめたフレーズがぴったりと止まった。鼻歌まじりに廊下を歩いていた校長は「はい」の声につられて返事をしたついでに音楽室から聞こえて来る演奏に聞き入っていたのだが、いいところではぐらかされてしまい、少しだけがっかりした。がっかりしたかわりに自分が何の用事で夏休みの学校に来たのかは思い出した。もちろん、ブラスのメンバーは廊下の聴衆のことなどは知らなかった。

祥子は「あたし、指揮は見てたよ」と隣りの克久にしか聞こえない声で言った。克久も指揮は穴のあくほど見ていた。

「あのな、ここのパーカスの入りのところだけど」

森勉がパーカスが入る三小節ほど手前から歌ってみせた。

「ここで、息を吸え！　タンタンタァン、はい！　やってみて！」

息を吸え？

祥子と克久は顔を見合わせた。面妖なんて単語はすぐに頭に浮かばない二人でも、面妖な顔はできる。はて面妖《めんよう》な。

「やってみて、トンと入る前に息を吸って」

森勉がフレーズを歌う。真《ま》っ直《す》ぐに立った克久と祥子は、彼の指揮棒がパーカスの侵入を指示する一拍手前で、ふうっと息を吸い込んだ。いや、吸い込んだのは祥子で、克久はなぜか吐き出してしまった。

「奥田、君、息を吐いていない？」

誰かのかみ殺した笑いがほんの少量だけ克久の耳にも聞こえた。言われてみれば、なんだか吐いた気もする。克久は自分が息を吸ったんだか吐いたのだか解らず、怪訝《けげん》な面持ちだ。

「もう一回やってみようね。一拍手前で息を吸うんだよ」

森勉がまた歌い出す。メンバーの左手後方でスティックを手にした祥子と克久は、指揮棒の指示が出る瞬間を待ちながら、ふうと息を吸い込んだ。まるで池の金魚である。

「いいよ、いい。息を吸うんだよ。それで、息を吸ったら、次は吐いてね。祥子」

祥子は息を吸うには吸っていたのだが、口を大きく開けて息を吸い込んだ後で、呼吸をしっかり止めていた。今度は忍び笑いではなく、屈託のない笑い声がもれた。祥子自身も照れ臭そうに笑った。

克久や祥子でなくとも、「息を吸え」という指示は、面妖なと思うに違いない。実は打楽器以外のパートのメンバーは、金管も木管も演奏の中に自分が侵入する時は無意識のうちに息を吸い込んで準備をしている。管楽器はそれでなくては楽器が吹けないからだ。しかし打楽器は別段、息を吸い込んでおく必要はない。

楽器の演奏そのものに息を吸い込む必要がないばかりか、タイミングをとってしっかり音を出そうという緊張のあまり、息を止めてしまうこともあり得た。息を止めていても、打楽器の音を出すことには支障はないが、文字通り、この場合は「息が合わない」ということになる。特に「交響的譚詩」のように複雑極まりない不協和音が相互に響き合いながら、厚みのある音のまとまりを形づくっていく場合は、管楽器と打楽器の乖離《かいり》は致命的な欠陥をもたらす。

「最初の頭のところ、トランペット、あまり無理にがんばらなくていいから。音を大きくしようとしなくていい。じゃ、頭から」

タラララと高い音から主題の旋律をかなでたあと、一斉に各々《おのおの》のパートが加わる手前で、ティンパニが低く響き、トランペットが不安気にうたう。大きく崩れようとする海のうねりが突然、眼前に広がるような始まりだ。

要するになかなかシリアスな曲だった。

下手をすると、ぐじゃぐじゃと不協和音がわけも解らずに響き続けるという、とんでもない曲だった。で、そういう難しくシリアスな曲が作り出す大きな音の渦巻きの中で指揮者を注視している克久と祥子は、池の金魚よろしく、ぱっくり大きく口を開けるのである。意識して息を吸い込もうとすると、口は開くものの、息は吸い込めない。音の渦巻きの中では、余計に息を吸うのが難しくなった。

「まだ、音になってないなあ」

森勉が吐息をついた。戸外の雨はもう止《や》んでいて、雷鳴は遠く去った。

「もう一回だけ、通して、それで終わるから。他の人と音を合わせて。ピッチを合わせれば、無理に大きな音を出さなくていいから」

ある時、海面が盛り上がったかと思ったとたんに、頂上が大きく崩れて白い波頭ができる。この大津波がぐいぐいと陸地へ押し出す。克久が耳を澄ます。克久ではなくて、克久の胸に棲《す》みついてしまったうさぎが耳をぴんと立てた。滑らかな海面、それも夜の海が音もなく盛り上がる。巨大な波が姿を現す場面が見えた瞬間、克久はこれまで一度も経験したことがない勇猛果敢な気持ちを覚えた。見えないものに挑みかかろうとする集中力が彼の気力を充実させた。それで、いや、それでもと言ったほうがいいのか、克久と祥子はぱくりと口を開けて、音の激しい渦巻きの中に飛び込んでいく。息を吸えというのは今まで要求されたなかでも、けっこう実行しにくい要求だった。

地区大会三日前になっても、二人はぱくりと口を開いていた。二人を見て大笑いしたのは、手伝いに来ていた打楽器パートのOBだった。

「ちょっと、そこの二人、来てごらん」

君たちはこんなふうに息を吸っているんだ。OBはぱっと口を開けて見せた。

「口を開けたって、空気は入ってこないよ。まず息を吐いて、もっと吐いて」

克久と祥子は神妙に息を吐き出している。

「もっと吐いて。ほら、ちゃんと息が吸えるじゃないか」

そりゃ、そうだ。息を全部、吐き出してしまえば、あとは吸うしかない。

「まず息を吐くの。それから吸えば、自然に息を吸えるよ」

克久も祥子もにやりと笑った。吐くだけで吸わなかったら、目を回してしまう。

「ね、花火したいな」

「花火、いいねえ」

二人が息をしているうしろで、こんな会話をしているのは谷崎弓子と山村正男だ。なんだか二人はもう大会が終わった時のことを考えている。

「プールに行きたアーイ、こう暑くちゃ、泳ぐしかないでしょ」

これはクラリネットの黒田さん。

「まったく、ぜんぜん、音になってないのに気が早いんだよ」

トランペットのパートに集まって喋《しゃべ》る一年生に宗田がそう言って笑っていた。

壁には大会の日程が張り出されている。

地区大会	8月 7日
県大会	8月10日
関東大会	9月 8日
全国大会	11月17日

部長連

こんなふうに。

「だから！」

有木がオーボエの鈴木さんにまた迫られている。

「だから、何？」

「真剣さが足りないのよ」

「そうだろうね」

「有木君、のんき過ぎやしない。三日後は大会なのよ。そりゃシードだから、上には上がれるけど」

「そうだな」

「こんな演奏じゃ、シード校として恥ずかしいって、昨日もセクション練習のあと、言ったの」

「そうしたら、少しは解ってもらえた」

「怒っているのは解っているよ」

「だったら、いいじゃないの」

「怒っているのは解っているの。一年坊主《ぼうず》は、あ、怒っているなって顔をしてるから。でも、何を怒っているのかぜんぜん解ってないの。有木君、あたしの言ってること解る?」

「ぜんぜん解らないって」

有木は苦笑いしながら、俺だってあせっているんだよという言葉をのみ込んだ。音楽室の隅ではフルートの田中がパートリーダーの嬉賀《うれしが》さんと話し込んでいた。「ウレシガ」という変わった名字だけど、ちっともうれしそうではなかった。休憩時間はこんなふうにざわついていた。

「怒ってるなという顔はするの。何を怒っているのか、もう少し頭を使って考えてちょうだい!」

オーボエの鈴木が有木に言っている苦情は昔風に言えば、のれんに腕押し、つまり怒りの空振りということになる。

「怒っているのは見れば解るよ」

「見れば解るですって! あたしの顔、そんなに怖い?」

「ち、違います。顔が怖いんじゃなくてさ。だから……」

怒りの空振りに苛立《いらだ》っている鈴木が、相変わらずのらりくらりの有木を相手にしているのだから、らちがあくはずがない。

「明日さ、市民ホールで練習すれば、また違ってくるよ」

「一日でどうにかなると思っているの！　一日でどうにかなるのだったら、なんで、こんなに毎日、毎日、練習しているのよ」

「俺に怒るな。俺を怒ってもしょうがないじゃないか」

鈴木女史のボルテージがこれ以上、上がったら、さすがの有木君も太刀打ちできない。扉が開いたのはその時で、森勉が音楽室へ入って来た。今までの賑《にぎ》やかさがうそのように静まりかえった。席についた有木の顔から笑いが消えた。彼は「交響的譚《たん》詩《し》」のアタマの部分のソロを担当していた。楽譜にすれば数小節に過ぎないが、最初の音を自分一人で出すというのは恐ろしい。

「では、交響的譚詩を」

森勉がそう言ってから、指揮棒が振り上げられるまでの間、空気が固く張り詰めた。ここ数日は各パートのOBも入れ代わり立ち代わりで顔を見せているが、彼らも固唾《かたず》をのむ。祥子だけが一生懸命に息を吐き出していた。それだって、視線は森勉の握る指揮棒の先端から外れることはない。射《さ》すような視線が森勉に集まる。単純な意味での真剣さで言えばプロの演奏家よりも鋭い百の視線が、一本にまとまるのを森勉は待つ。こんなに張り詰めた空気の中へ、有木はたった一本のクラリネットで割って入るのだ。

最初の一音から、音は少しずつ上昇していき、それからちょっと、下がる。下がってきたクラリネットを待ち受けて、ティンパニが連打され、銅鑼《どら》が深々と打ち鳴らされ、金管楽器たちが高らかに歌い始める。この滑り出しがきれいに決まるかどうかで、以後の進行状態も変わってくる。銅鑼を担当しているのはパーカスの二年生、黒木麻利亜で、皆からマアと呼ばれていた。

第四章　ブラス！　ブラス‼　ブラス!!!

有木が作り出した一筋の光のようなクラリネットの音を、藤尾さんのティンパニの連打が包み込むと同時に、構えていたマアが、ここぞと、一発、銅鑼《どら》の音を響かせた。
金管楽器の群れが楽曲の中に侵入してくる。

口に出して言うと、きっと笑われるから、克久は黙っていたが、いつも、この部分で、お父さんが運転免許を再取得した後、最初に高速道路を使ってドライブに行った時の感覚を思い出してしまう。大学生の時取得したのに更新を忘れて失効させた運転免許を、お父さんが取り直したのは、克久が五つの時だった。お母さんは「無謀だ」と言ったけれど、十数年振りに免許を手にしたお父さんはすぐに高速道路を使って遠出をすることを思い立った。おっそろしいスピードで走る車ばかりの本線に進入する時の緊張感と言ったら、それは五歳の克久の全身にしみついてしまった。「コワカッタ」とそれだけしか言えなかったが、ランプウェーを加速して行くときの感覚は忘れ難い。もちろん、自分が音の洪水の中に入っていくときは、もっと緊張するのだが、余計なことを思い出す余裕は無くなっている。あれほど言われた息をするのも忘れていることが、三度に一度くらいはあった。

だんだん速くなるから、テンポをしっかりとれと言われているクライマックスに曲が近づいてきた。森勉が刻む拍を注視する。克久がタンバリンを構えた。森勉の合図が矢のように飛んできた。間違いなく、タンバリンが響き出す。次の瞬間、実に奇妙なことが起こった。森勉の拍を取る手が止まってしまった。曲の途中でストップがかかることは珍しくないが、奇妙だったのは指揮棒がぴたりとは止まらなかったことだ。高く振り上げられた位置から、静かに下へと下りた。だから、彼の指揮棒を注視していたブラスの面々も消え入るように演奏を止めた。まことに締まりのないデクレシェンドで演奏が止まった。こんなことは滅多にない。曲の途中で、ストップがかかる時には、あらゆる楽器の音が急停止するのがふつうだった。

演奏を停止したあとの森先生の顔も奇妙と言えば、奇妙だ。笑おうとしているのか、怒り出そうとしているのか解《わか》らない。その中間くらいで、右手と左手につぐ、三つ目の指揮棒のような彼の眉毛《まゆげ》は、パーカスの克久の位置から見るとまるで消えてしまったように見えた。眉の力が無くなったのである。

「交響的譚詩《たんし》」はそれでおしまいで、あとは「くじゃく」を簡単に一回だけさらった。拍子抜けするような練習の終わり方だった。帰り道で出会った魚屋のカッちゃんが

「おう、がんばれよ」と言ってくれなかったら、克久は拍子抜けしたままだったかもしれない。

女の子は地獄耳だ。

「腱鞘炎《けんしょうえん》⁉」

克久はたった今、祥子から聞いたばかりの病名を思わず繰り返した。昨日、練習が終わってから今朝までの間に、どうやって、そんな情報を仕入れたのだろう。それでも、それを聞くと、「交響的譚詩」が途中でデクレシェンドしてしまった時のヘンな感じの理由はすごくよく解った。

「知らなかったのオ。だいぶ前から痛かったみたい」

谷崎弓子は澄ましていた。

「指揮棒の振り過ぎだよ」

と、これはサックスの星さん。いつも、森勉の悪口を言っている。家に帰っても森先生は嫌いだとこぼしている。あのゲジゲジ眉毛が気に入らないと言うけれど、指揮台の真正面に席があって、いちばん真剣に返事をするのは彼女だった。

「ベンちゃん、クレイジーだからね」

トロンボーンの水野良枝とホルンの長井恵理が声をそろえて言った。

「それで今日の練習はできるのかな」

克久が不安気に言ったのを、女の子たちは無視してしまった。意図的に無視したのではない。祥子の口から一大ゴシップというか、突然のスッパ抜きが出て、一同、驚きの声を上げたのだ。

「知ってる？　マアさん、池中の人とつき合っているんだって」

ええっと上げた声のトーンが合っていたのは毎日の練習の成果だろうか。上級生がマアと呼んでいる黒木麻利亜を、祥子はほんの少しだけ遠慮して、さん付けにした。克クレイジーなベンちゃんが腱鞘炎ごときで練習を休むわけはないのは自明だった。克久はあまり感じていないが、女の子の中にはベンちゃんのクレイジーなのに音《ね》を上げている子もけっこういた。克久がスゲェ！　と感じ、魚屋のカッちゃんがアッパレと思う熱狂に、眉をひそめる子もいるのだ。しかし、今の関心はマアさんだ。

「ね、誰、誰、それはダレ？」

水野良枝が祥子に詰め寄った。同じ学校の中ならいざ知らず、よその学校というのは穏やかでない。何が穏やかでないのか解らないが、なんだか大人っぽい気がした。

「知らない。言わない」

「知らないの、それとも、知っていても言わないの」

「どっちでもない」

祥子がにやりと笑った。

「どっちでもないってことはないでしょ。いったいダレなの」

今日も暑くなりそうだ。暑くはなりそうだけれども、今日は学校での練習ではなくて、冷房の入る市民ホールでの練習だから、少しは楽だろう。もっとも、練習中に暑いと感じたことはあまりなかった。音というものがぴったり止《や》んで、グラウンドで練習中の野球部の声が聞こえてくると、じわっと汗がしみ出す。あの瞬間がいちばん暑い。女の子たちが、マアさんはいったい池中学の誰とつき合っているのだと祥子に詰め寄っている間に克久は、そんなことを考えていた。うっかり、地獄耳の女の子たちの会話に首を突っ込むと、あとで何が起こるか解らないから、黙っているにこしたことはない。

結局、祥子の話によると、六月の研究発表会の時、リハーサル室で池中学の背の高い生徒と話しているマアさんを見たということだった。顔は見たから知っているけれど、それが誰だかは解らないという。が、祥子の「言わない」のひと言をしっかり耳に止めた水野良枝は、「知ってるけど言わないのでしょう」と食い下がっていた。祥子はとうとう知らないで通した。話の雲行きがあやしくなって、同じパーカスだから奥田君は知っているでしょうという話になりかけた時、誰かが「やっぱり、田中さんは部をやめるみたい」と言い出した。

「田中さんのお母さんとベンちゃんがけんかしたんだって」

「職員室でずいぶんやり合ったって」

「ベンちゃん、クレイジーだから」

ホルンの長井恵理が今度はひとりでため息をつくように言った。

「やめたいならやめていいって、ベンちゃんが言ったらしいよ」

「でも、田中さんはやめたくないんでしょ」

「親がさ、やめさせたがっているんだ」

「親もやめさせたいわけでもなさそうだって」

「じゃ、誰がやめさせたがってるの」

「ベンちゃん？」

「そんなわけないじゃない」

「あの人、小さい時から、フルートもピアノも習っているんだって。今だって、ファーストとろうと思えば、とれるよね」

「でもやめるみたい」

「やめてもいいけど、今みたいな時期にやめなくたっていいじゃん」

「練習時間をもっと少なくして欲しいとか、個人レッスンに行く暇がないとか、そんな話だったみたいだけど」

「県大《けんたい》まではいたいって」

「いたいの、それともいるの」

「だからさ、何だかよく解らないんだもの」

話しているうちにしゅんとなった。

「なんか、今、聞きたくない話だよね」

その気分を打ち切るように谷崎弓子は言った。みんなは疲れた顔で校門をくぐった。田中が吹奏楽部をやめるとかやめさせられるという話題でどうしてこんなに疲れた気分になってしまうのだろうと、不思議に感じた克久も、幾らか意気消沈した。

窓から射《さ》し込んだ光で銀色のユーフォニウムが静かに光っている。有木は学校から運び出す楽器のリストを点検し終わると、顔を上げ、あらたまった声で指示を出した。

「じゃあ、パーカスの人、藤尾、大久保、加藤、黒木、渡辺、瀬野、小泉、杉田、あとしょうちゃん。残って下さい」

え、なんで俺が入っていないんだと克久がびくっとした。

「それから男子。川島、宗田、町屋、山村、奥田の六人も残って」

ああ、そっちの分類に入っていたのかと納得する。俺も臆病《おくびょう》だなと思ったとたんに、克久の胸の中でうさぎが笑った。

「男子、五人しか名前、呼んでないぞ！」

宗田は間髪入れずにこんなことを言う。楽器ケースを片手に音楽室を出て行こうとする生徒を山村正男がイケイケダンスという妙な踊りで送り出す。なぜか、谷崎弓子が「膝蹴《ひざげ》り」とか言って急に飛び上がり、あたりの生徒を笑わせた。いつもこの二人の周りには笑いの渦ができる。

「俺も男なんだなァ、コレでも」

「はっきりしない有木君は男でござる」

「川島先輩、それシャレになってますかァ」

チューバを吹いている町屋智弘《ともひろ》は川島を日頃はお師匠さんと呼んでいて、ツッコミを入れるのも早い。チューバの吹き方と一緒に漫才も習ったらしい。実際、町屋は時々、川島の家に出掛けて古典落語のビデオを見せてもらっていた。それも、江戸ではなくて上方なんだそうだ。確かに川島のお師匠さんが妙なアクセントで説教を始めると、上方《かみがた》落語に似ていた。

「そんなとこで突っ込み入れてないで、楽器を一階まで降ろせ」

珍しく有木が不機嫌な声で言った。緊張しているのだ。市民ホールの練習は楽器の搬出のリハーサルでもあった。有木が不機嫌な声を出すと、ほんとうに中学三年生かと疑りたくなる。クラリネットというのは、ひょうきんなようで、なかなかシリアスな音を出すのは、有木が「交響的譚詩」の頭のところで毎日、聞かせているとおりだ。

銀色に輝くユーフォニウムの向こうで、田中さんが校庭を眺めていた。

「男はこき使われる運命なんだ」

宗田が、田中さんの横顔に見とれている克久の肩を叩《たた》いた。

「つべこべ言わずに、作業は手早く正確に。何か一つでも忘れたら、音楽になんないのよ」

冷静な藤尾がスネアを抱えて通り過ぎた。克久が田中さんの顔をつくづく見るのはこれが初めてだった。目が茶色くて、頰にそばかすがある小柄な子だ。まだ一度も話したことがなかった。六月頃に、理科室でフルートを吹いている姿を見かけたことがあった。「アルルの女」の「メヌエット」で、克久は「ああ、給食の音楽だ」と耳を澄ました。小学校の時、給食の時間になるとその曲が流れた。克久にとって憂鬱《ゆううつ》を誘う曲だったが、放送で聞くのと生の音で聞くことの違いか、その時は「こんなに優しい曲だったのか」と思った。たぶん彼女が気まぐれに吹いていたのだ。

「もう、みんな行っちゃったけど、行かなくてもいいの」

克久が声をかけると田中さんは、「あ」と小さな声を上げて我に返った。

「今、行こうと思ってたところ」

そう返事をした彼女は、なんだか無理に笑おうとしていた。

「なんで、こんなところにユーフォンが残っているんだ」

大声の主は有木だった。ユーフォニウムが銀色に光っていた。ユーフォニウムは楽器ケースに納められて、市民ホールにもう運ばれていなければならなかった。

「あ、それはミンミンが、ちょっと忘れものをとりに行っているから」

田中さんが答えた。

「ミンミン？」

有木が変な顔をする。

「ミンミンじゃなくて、路村《みちむら》さんです」

そうか、田中さんは路村さんを待っていたんだと克久が思った矢先に、当のミンミンがばたばた音楽室に飛び込んで来て、「たいへん、遅れる、急がなくちゃ」とユーフォニウムを楽器ケースに納めた。

「あいつら、歩いて行く気かな。俺たちの方が先に着いちゃうぞ」

有木はマリンバを引き出し、克久に目でそっちを持てと示しながら言った。

「もう、トラック、来たんですか」

「まだ、だけどね。そろそろ来る頃だよ」

克久は田中さんのことを聞こうとして、校庭を眺めていた茶色の目を思い出すと、何も言えなくなって口ごもった。

「ミンミンだのアズモだの、この部は怪獣クラブかってんだ」

「アズモって誰ですか」

「梓《あずさ》和代だよ。トロンボーンの」

市民ホール前の広場は人っ子一人いない。芝生と石を組み合わせた幾何学模様の広場には影の一片さえなかった。ホール正面のガラス扉は施錠されていた。ガラスの向こうに、大小の楽器ケースが整列している。まるで駐車場に並んだ車両のように整然とした並び方だ。それ以外、ホールで何が行われているのかを示すものは何もなかった。物音一つしない。ホールの分厚い二重扉は音を外へは決してもらさなかった。

千人分の空席を前に練習が始まっていた。ステージには克久もいれば藤尾もしょうちゃんも、それにアズモやミンミンもいる。客席は空と言いたいところだが、OBたちが並んでいる。練習を見物に来た親がぽつんぽつんと座っていた。

AETのスーザン先生がにこにこしているのはどういうわけだろう。いつの間にか、ベンちゃんと親しくなったらしい。

一曲、通し終わると、一階席の中段に座ったスーザン先生は必ず拍手をしてくれた。大学で音楽の勉強をしていたなんて初耳だった。音楽の勉強の途中で、英語の先生をしているのだ。サックスを吹くと言う。そんなことが今日、初めて解《わか》った。千人のホールでも、たった一人が拍手をしてくれると、こんなに響くのかと驚くくらい良く響いた。

誰のお母さんだか解らないが、スーザン先生の拍手につられて、手を打ったお母さんがいたが、あんまりよく響くので、途中で恥ずかしくなってしまったようだ。拍手の音がだんだん小さくなり、しまいには音を立てずに手を叩くまねだけをしていた。それでもスーザン先生は盛大な音を立てて拍手をしてくれた。

彼女が素直に拍手ができるのは、何度かに一回だった。なぜなら曲の進行はたえず森勉にストップをかけられ、その度に前に戻ってはやり直しになった。

森勉はうたいながら、パートごとにどんな音を必要としているのか、「もう少し高く」とか「やわらかく、やわらかく」とか具体的に欲しい音を要求する。これで、ほんとうに腱鞘炎《けんしょうえん》なのだろうか。指揮棒を振るう力は昨日より力強くなった。そして、必ず、右手か左手のどちらかが正確な拍を刻んでいた。パーカスのメンバーはこの拍を注意深く見詰めている。

指揮棒というのは実際に手にとってみれば案外に軽いものだ。森勉は握りにコルクの玉がついたごく平凡な白い指揮棒を愛用していた。もっとも、それには、神聖なと言っても言い過ぎでないくらいの権威が備えられていた。

神聖な、侵しがたい指揮棒を触ったことがある部員は誰もいなかった。そして、森勉は指揮台を離れる時には、指揮棒を尻《しり》のポケットにひょいと差し込む癖があった。それで、生徒のそばに行き、二、三の指示を出して指揮台に戻った時には、どこに指揮棒を置いたのかと探し回る。生徒は笑わない。森勉が指揮棒は尻のポケットだと自分で思い出すまで待っていた。どうかすると、そのまま休憩時間に入ってしまい、尻ポケットに指揮棒を差したまま、どすんと座ることもあった。

もちろん替えの指揮棒は用意されていた。座ってしまうだけでなく、譜面台にとんとんと打ちつけて折れたり、振っている最中にふっと折れることもあった。指揮棒は消耗品だ。しかし、指揮棒は神聖だった。指揮棒に魂を入れているのは言うまでもなく森勉だ。

花の木中学の吹奏楽部も最初からこんなに統制がとれていたわけではなかった。部員のやる気不足を怒ったベンちゃんが忽然《こつぜん》と消えてしまったこともあった。ベンちゃんが学校の屋上で憮然《ぶぜん》としているのを発見した時のことを語り草にしていたOBもいる。「その頃、ベンちゃんは独身だったから」とその話は始まることになっていた。闇雲《やみくも》に練習をした。そのスゴサときたら！　毎日が、ブラス！　ブラス!!　で、寝ても覚めてもブラスだったと言う。

「それでベンちゃんが結婚した時は、みんなほっとしたんだ！」という話で締めくくりになるのが決まりだった。彼が結婚する頃には吹奏楽部の統制もとれてきて、部員たちは「これで寝ているかブラスをやっているかどちらかの状態から、別のことをしている時間ができる」と思ったそうだ。熱狂の思い出は楽しい。OBたちから聞かされるのは熱狂の思い出話だった。

譜面をパートごとに練習して、セクションごとに音として仕上げていくのは、山から石を切り出す作業だが、そのごろごろした石がようやくしっかりとした石組みになろうとしていた。森勉が細やかに出す指示は、石と石の接続面をぴったりと合わしていく仕事だった。

この日、何度目かで「くじゃく」をさらっていた時、克久はばらばらだった音が、一つの音楽にまとまる瞬間を味わった。スラブ風の曲だが、枯れ草の匂《にお》いがしたのである。斜めに射す入り陽の光が見えた。それは見たことがないほど広大な広がりを持っていた。いわく言い難い哀《かな》しみが、絡《から》み合う音の底から湧《わ》き上がっていた。悔しいとか憎らしいとか、そういういらいらするような感情は一つもなくて、大きな哀しみの中に自分がいるように感じた。つまり、音が音楽になろうとしていた。地区大会前日だった。

オーボエの鈴木女史の苦情から有木部長が解放されたのは、地区大会の翌日からだ。一年生にもようやく自分たちが求められているものがどの水準にあるのかが解ったのだ。ベンちゃんが初期の頃は苦労していた部員の統制は、今では指揮者を煩《わずら》わせることなく鈴木女史のようなメンバーで守られているのだから有木部長もそうそう閉口という顔もできなかったが、とにもかくにも苦情を聞かずにすむのは喜ばしい。「音になってない」という森勉の決まり文句をはじめとして、「やる気があるのか」とか「真面目《まじめ》にやれ」とか言われる理由がのみ込めたのだ。怒られるたびに内心で「ちゃんとやってるじゃないか」とむくれていた気持ちがすっかり消えた。

スゴイ学校は他にいくらでもあった。

今年こそは地区から県大会を突破しようという気迫で迫ってくる学校があった。

その中でも、課題曲に「交響的譚詩《たんし》」を選んだある中学校の演奏は、克久の胸のうさぎが躍り上がるような音を持っていた。

花の木中学とは音の質が違った。花の木中学はうねる音だ。大海原のうねりのような音を作り出していた。ところが、その学校の音はもっと硬質だった。

「スゲェナ」

有木がつぶやいた隣で克久は掌《て》を握り締めた。

「和声理論の権化《ごんげ》だ」

密《ひそ》かに音楽理論の勉強を始めていた宗田がそう言い放つのも無理はない。

最初のクラリネットの研ぎ澄ました音は、一本の地平線を見事に引いた。地平線のかなたから進軍してくる騎馬隊がある。木管は風になびく軍旗だ。金管は四肢に充実した筋肉を持つ馬の群れであった。打楽器が全軍を統括し、西へ東へ展開する騎兵をまとめあげていた。

わずか六分間のこととはとても思えない。

遠く遠くへ連れ去られた感じだ。

克久の目には騎兵たちが大平原に展開する場面がはっきり見えた。宗田の脳髄には宇宙工学で必要とされるような精密機器の設計図が手際《てぎわ》良く作製される様子が浮かんでいた。宗田は決して口に出しては言わなかったが、最近、人が人間的なと呼ぶような感情に嫌悪《けんお》を感じ始めていた。

うんと唸《うな》った川島が、

「負けた」

といった一言《ひとこと》ほど全員の感情を代弁している言葉は他になかった。

「完成されているけど、音の厚みには欠けるよ」

「負けた」と言う全員の感情、とりわけ一年生たちの驚きを代弁した川島の一言だけでは、出番を控えていた花の木中学吹奏楽部は気持ちの立て直しはできなかったかもしれない。川島の唸り声は全員の気持ちは代弁していたが、気持ちを向ける方向の指示は持っていなかった。

「完成されているけど、音の厚みには欠けるな」

こんなことを言うＯＢがいなかったら、自分たちの出番前だということも忘れただろう。

「やっぱり、中学生はね。技術が良くても音の量感には乏しいよ」

「うちはまあ、中学生にしては音の厚みはあるしさ」

現役の生徒の後方の席でOBたちはこんな批評をしていたのだ。昨日まで、鳥の鳴き声みたいに聞こえたOBの言葉が、今日はちゃあんと人間の話し声に聞こえる。

これは克久にとって、驚きに値した。

克久がいちばん間抜けだと感じたのは百合子だった。なにしろ、地区大会を終わって家に戻って最初に言ったのは次の一言だ。

「やっぱり、強い学校は高い楽器をたくさん持っているのね」

それを言っては、みもふたもない。言ってはならない真実というものは世の中にはある。それに高価な楽器があれば演奏できるというものでもない。演奏する生徒がいて、初めて高価な楽器がものを言うのだなんてことを、克久は百合子に懇切丁寧に説明する親切心はなかった。

「小学生とはぜんぜん違う」

実は百合子も少し興奮気味だったのである。克久には小学校時代は太古の昔、悠久のかなただったが、百合子にはわずか六カ月前にもならない。だいたい、その頃、銀行に申し入れた融資の審査がまだ結論が出ていなかった。伊万里《いまり》焼の皿の並んだテーブルをはさんで恐竜と宇宙飛行士が会話しているという比喩《ひゆ》で良いのかどうか。そのくらい、時の流れの感覚が食い違っていた。これだから中学生は難しい。百合子がうれしい時に使う古典柄の伊万里が照れくさそうに華やいでいた。この皿はうれしい時も出番だが、時には出来合いのロールキャベツを立派に見せるためにお呼びがかかることもあった。

翌日から一年生は「やる気あるのか」と上級生に言われなくなった。帰宅は毎日九時を過ぎた。

県大会の前日はさすがに七時前に克久も家に帰って来た。「ただいま」と戻った姿を見た百合子はたちまち全《すべ》てを了解した。了解したから、トンカツなどを揚げたことを後悔した。大会にカツなんて、克久流に言えば「かなりサムイ」しゃれだった。

「ベンちゃんが今日は早く風呂《ふろ》に入って寝ろってさ」

「そうなんだ」

百合子はこんな克久は見たことがなかった。なんでもなく、普通そうにしているけれども、全身に緊張があふれていた。それは風呂場で見せる不機嫌な緊張感とはまるで違った。ここに何か、一つでも余分なものを置いたら、ぷつんと糸が切れる。そういう種類の緊張感だった。

彼は全身で、いつもの夜と同じように自然にしてほしいと語っている。「明日は大会だから、闘いにカツで、トンカツ」なんて駄ジャレは禁物。もっとスマートな応対を要求していたのである。会話だって、音楽の話もダメなら、大会の話題もダメであった。

そういうことが百合子にも解る顔をしていた。こんなに穏やかな精神統一のできた息子の顔を見るのは初めてだ。一人前の男である。誇りに満ちていた。

もちろん、彼の築き上げた誇りは輝かしいと同時に危ういものだ。

「お風呂、どうだった」

「どうだったって？」

「だから湯加減は」

音楽でもなければ、大会の話でもない話題を探そうとすると、何も頭に浮かばない。

湯加減と言われたって、家の風呂は温度調整のできるガス湯沸かし器だから、良いも悪いもないのである。

「今日、いい天気だったでしょ」

「毎日、暑くてね」

「……」

練習も暑くて大変ねと言いかけて百合子は黙った。

「……」

克久も何か言いかけたのだが、目をぱちくりさせて、口へトンカツを放り込んでしまった。

「あのね、仕事の帰りに駅のホームからうちの方を見たら、夕陽が斜めに射《さ》して、きれいだった」

「そう。……」

なんだか、ぎこちない。克久も何か言おうとするのだが、大会に関係のない話というのは探しても見つからない。それでも、その話はしたくなかった。この平穏な気持ちを大事に、そっと、明日の朝までしまっておきたかった。

初めて会った恋人同士のような変な緊張感。それにしては、百合子も克久もお互いを知り過ぎていた。百合子は「こいつは生まれる前から知っているのに」とおかしくて仕方がなかった。

「……」

改めて話そうとすると、息子と話せる雑談って、あまり無いものだなと百合子は妙に感心した。

「……」

克久は克久で、何を言っても、話題が音楽か大会の方向にそれていきそうで閉口だった。

「これ、うまいね」

こういうことを言う時の調子は夫の久夫が百合子の機嫌を取るのに似ていた。ぼそっと言ってから、少し遅れてにやりと笑うのだ。

「西瓜《すいか》でも切ろうか」

久夫に似てきたが、よく知っている克久とは別の少年がそこにいるような気もした。

「……」

西瓜と言われれば、すぐ、うれしそうにする小さな克久はもうそこにいない。

「……」

百合子は西瓜のことを聞こうとして、ちょっとだけ息子に遠慮した。彼は何かを考えていて、ただぼんやりとしていたわけではない。少年の中に育ったプライドはこんなふうに、ある日、女親の目の前に表れるのだった。

「西瓜。少しだけ食おうかな。腹こわすとまずいから」

「お腹《なか》の調子、悪いの？」

「そうじゃないけど」

彼は最初十六分の一だけ西瓜を食べた。さすがに十六分の一では満足ができずに、もう十六分の一の西瓜を食べて、「さて、寝るか」と言った時、玄関のチャイムが鳴った。

「はて、こんな時間に誰だろう」

二人は顔を見合わせた。時計を見れば、九時を少し回ったところで、めったに来訪者のある時間でもないし、新聞屋の集金にしても夜遅すぎた。

「こんばんは。カッちゃんいる」

鍵《かぎ》の開いていた玄関扉を開けて、でかい声を出しているのは魚勝さんだ。

「カッちゃん、明日、大会なんだってね。うちのカツがそう言ってたからサ」

声がでかいだけじゃない。威勢もまことによろしい。克久の顔と言ったら、なかった。ただ、ただ、ア然としている。あまりにも突然の魚勝さんの登場で、デリカシーだのなんだの御託を並べる暇もなかった。

「なんでも、花の木中は県大突破は当たり前なんだって。関東も敵じゃないなんて、うちのカツも言うんだけど。明日、届けようと思っていたタイだけど、明日は市場は休みだし、県大突破は当たり前のこんこんちきなら今日でもいいかと思ってサ」

百合子も克久もびっくりしているうちに、タイを持った魚勝さんが喋《しゃべ》りながら居間に現れた。

実に立派なタイだった。何より、色が美しい桜色をしていた。真夏にこんな色のきれいなタイには滅多に出会えるものではなかった。魚勝さんがテーブルの上に置いたカゴの中で、タイの目が光った。

「これが、おめでたいって言うんだ」

「タイですね」

克久がカゴの中をのぞき込む。

「明日サ、お祝いにと思っていたんだけど、カッちゃん、初出陣じゃん。地区はシードで予行演習だけど県大は違うもんね。なにしろ、初出陣だから」

「初出陣」

先刻までの真面目《まじめ》に澄まし込んだ克久はどこにいったのか、彼はタイと魚勝さんの顔を見比べては、「なんか、違うんだけど、ま、いいか」という顔をした。

「すごいタイね。お刺身にできそう。こんなのもらっちゃうわけにいかないわ」

百合子には克久の驚きようがおかしくて仕方がない。

「なんか、スポーツの大会に行くみたいですね。初出陣なんて言われると」

克久が声のトーンを少し落として大人っぽい受け答えをした。

「こないだね、あんたんとこのお母さんに仕出し用のお皿や小鉢を見立ててもらって、だいぶ値引きして入れてもらったの。あれ、評判いいんだ」

「でも、あたしだって、ちゃんともうけたから。あれはあれでいいのよ」

「料理は器で食べさせるって言うけど、あの器のおかげで、新しいお客さんも開拓できたしね。けっこう得したからいいの」

「新しいお客さんって、どんなお客さん？」

「ホームパーティーって言うのかな。なんか、外国から来たお客さんをもてなしたりするんだって。そんな時、器だって家にあるだけじゃ数がそろわないとか、いかにも仕出しですっていうのは気が引けるとかあるじゃない。うちは、前から仕出しが多かったんだけど、昔はサ、結婚式とか法事でしょ。ホームパーティーなんてなかったから」

百合子はおもしろい話を聞くものだと、魚勝さんの話に耳を傾けた。どういうビジネスになるのか、まだ解《わか》らなかったが、家で日常的に使う食器とは別に、仕出し用の食器を今までとは違う趣味のものに変えて行くという仕事もありそうに思えた。

「僕ね、眠れなくなっちゃった」

克久が自室から現れたのは、百合子が魚勝さんと小一時間ほど話し込んでいた時だ。百合子はすっかり自分のビジネスのアイデアを育てるのに夢中になっていた。それは時々あることで、克久も、そういう百合子のほうが、お互いに「……」と黙って気を遣っているより楽だった。

ところが眠れない。

眠ろうとするとタイがシンバルを叩《たた》く。

眠ろうとするとガンバレとうさぎが言う。

眠ろうとすると大きな波が押し寄せる。

ぜんぜん眠れそうになかった。

「眠れなくなっちゃった」

「無理に寝ようとすると目が冴《さ》えるよ」

「そうなんだ」

「布団《ふとん》の中で英語の単語を覚えるか、それとも英語の教科書を読む」

「やってみた」

いつもならすんなり眠れるはずだったが、今日に限っては、単語はばんばん覚えられた。我ながら驚くべき集中力だとあきれたくなるくらいだ。

「ごめんね。あたしがいけなかったかな」

「魚勝さんのせいじゃないですよ」

半分、本当で、半分、うそ。魚勝さんが飛び込んで来なければタイがシンバルを叩いたりはしなかっただろう。克久の中で抑制されていたエネルギーが暴れ出した。けれども、なんとなく楽しいから、「魚勝さんのせい」とは思わなかった。

「しばらく、テレビでも見て気を紛らわす」

百合子の二つ目の提案に、克久は時計をちらりと見た。こんな時間からテレビを見るのはどう考えても危険だ。まったく眠ることを忘れてしまうかもしれない。

「ブランデー入り紅茶を飲んで寝てしまう」

とうとう非常手段である。

「お酒を飲ませるの」

魚勝さんが意外そうな表情で百合子の顔を見た。お正月のおとそとブランデー入り紅茶は、例外的に克久に認められたアルコールだった。言うまでもなく、克久にはこれは一発で効く薬だ。眠れるというより起きていられない。

「ま、この場合は薬だから」

「薬ねえ」

　魚勝さんは妙な顔をして、カップにブランデーが注がれるのを見ていた。おとその味はどうも、いま一つなのだが、甘いブランデー入り紅茶のほうは悪くはない。湯気と一緒に上るブランデーの香りだけで、くらりとして酔いが回りそうだが、これは非常事態の時にはありがたい。克久は小学校のうちに不眠に悩まされたことが少しの期間だけあった。その時もこの飲み物にお世話になったが、砂糖をいっぱい入れたそれは、前よりもうまくなっていた。

　県民会館のステージのそでで藤尾が、ティンパニの音を合わせていた。そっと叩いたティンパニに計測器を近づけて音程を合わせるという仕事をしている時の藤尾の顔は澄んでいた。克久はこういう時の藤尾さんの顔に憧《あこが》れた。それは女の子に憧れるという気持ちとはぜんぜん違う。精密機械の精巧さに憧れるのに似ているのかもしれない。最近の宗田が、喜怒哀楽をあらわにする人間的な感情を嫌悪《けんお》する気持ちになっているのと、一脈、通じる感情かもしれなかった。

無秩序なものに秩序を与える人間が見せる慎重さは美しかった。たとえ、藤尾さんが男でも美しいだろう。男とか女とかは関係がない。

今朝の藤尾さんは違っていた。いつもの無口な藤尾さんではなかった。搬出する楽器のリストを片手にたえず喋っていた。

「あたし、大会の前の晩はいつも何かを忘れたっていう夢を見るの。あ、しまったと思うんだけど、もう遅い。欠けたままやるっていう夢を必ず見るんだ。でも、昨夜は、見なかったの。初めてよ。夢を見なかったなんて。だからね、絶対、何か忘れものしそうな気がする、気をつけて」

楽器の搬出に残った部員に言っているのか、それとも自分に言い聞かせているのか。こんなことを言いながら歩き回っていた。もちろん、藤尾と有木は別々にリストの入念なチェックをした。全《すべ》ての楽器は間違いなく県民会館に運び込まれた。

今、ステージのそでにいるのは、いつもの藤尾よりもっと深い静謐《せいひつ》をたたえた彼女だ。

藤尾が目を上げた。克久と目が合う。それから藤尾の視線は克久の足もとに落ちた。

「奥田君、それ」

「えっ」

克久は自分の足もとを見て「あ」と言った。なんと上履きを履いているのである。持ち込む楽器のチェックは入念にしたが、誰も克久の靴まではチェックしなかった。演奏会の時にだけ履く黒の短靴は音楽室に置き忘れてきた。

「ま、靴で音を出すわけじゃないから」

「何？ 何かあったの」

克久の様子を見て、リハーサル室で音出しをすませ、舞台のそでに入って来た有木が藤尾に聞いた。藤尾の指さした克久の足もとを見て、「アハハハ」と大きな声で笑った。

「一つや二つ音はずしても、あわてるなよ。こいつなんか上履きなんだから」

有木がそう言うとクラリネットパートが全員笑った。舞台のそでには泣いている他の中学校の生徒もいた。きっと何か決定的な失敗をしたのだ。

「ほな、お師匠さん、行きまひょ」

このところ、関西弁で話すのがすっかり気に入った様子の町屋智弘が、川島をうながした。ユーフォニウムのミンミンが二人について行く。入学式から一度も洗っていない上履きでは、かなりかっこ悪いが、克久もステージに楽器を運び入れた。

「ステージに入ったら、君たちは演奏家なのだから、ちょろちょろ動くな。きょろきょろするな。どっしり構えろ」

森勉はいつもそう言っていた。そして、最後の位置の調整は、彼自身が素早く動き回って配慮した。ここが楽団員に拍手で迎えられるマエストロと違うところだ。うちのマエストロの動きの早さときたら、どんな小動物でもかなわない。

克久もスネアをもう少し左へ寄せろと合図された。これで定位置である。トロンボーンのアズモが親指をたてて「いけるね」と合図してきた。アズモに答えたとたんに、会場が見えた。観客の一人、一人の顔が見分けられる。

お母さんは正面の二階席最前列にいた。「あそこにいたか」と克久がちらりと視線をやった。隣りは今朝まだ名古屋から戻っていなかったお父さんだ。久夫と百合子が並んでいるのは意外だった。それから、克久は何かを「あれ」と感じた。そのあれが何なのかは解らないが、二人が初めて並んで座っているのを見たような気がしたのだ。例えて言えば同級生が花の木公園でデートをしているのを目撃したような感じだった。両親はいつもより若々しかった。

それは一瞬の閃光《せんこう》だった。

曲名と学校名を紹介するアナウンスが会場に入った。指揮台わきに滑り込むようにたどりついた森勉が、実に素早く息を整えた。アナウンスが終わると同時に、ベンちゃんの息をきらしていた肩は、静かになった。指揮台に上がった時には、数秒前まですばしっこく走り回っていたのがうそのようだ。有木と目が合う。指揮棒が振り上げられた。高く澄んだクラリネットの音が観客をしっかりつかまえた。ティンパニが鳴り響く。

「交響的譚詩《たんし》」は無難にこなした。祥子がマリンバの位置に移動する。ほんの数秒のことだ。会場は水を打ったようだ。再び指揮棒が振り上げられた。

ティンパニが静かに打ち鳴らされ、チューバなどの低音グループが最初の主題を奏《かな》で始めた。克久は真っ直《ます》ぐに立っている。立っているけれども、既に身体《からだ》は音楽の中に吸い取られていた。何か、大きなものに包まれる感覚だった。

そこにあるものは、目に見えるものではなかった。が、克久は全身で、そこに確かにある偉大なものに参与していた。入るとか加わるとか、そういう平たい言葉では言い表せない敬虔《けいけん》なものであった。感情というようなちっぽけなものではなくて、人間の知恵そのものの中に、自分が存在させられていた。それが参与ということだ。

低音グループが奏でた主題に木管が加わり、音の厚みが増す。やがてティンパニがクレシェンドで響いた。それを木管楽器たちが優しく清らかな歌で迎えた時には、克久の胸の中にあの大きな夕陽があかあかと燃えた。いつも、そこで大きな夕陽が現れる。もちろん、克久はただ音楽に酔っていたわけではない。指揮棒はたえず、音が加わるべき位置の指示を出していたし、拍は正確に数えられていた。部員だけに解る伝令が走り回っていた。それでも、あかあかとした夕陽は決して克久の目の中から消えなかった。夕陽の周囲に見慣れた団地の眺めがあり、それが斜めに射《さ》す陽の光を受けて、尊いものとして輝きを帯びた。克久は音の中にそういうものを見ていた。

曲は長い尾を引いた孔雀《くじゃく》の優美な歩みや、青く光る首の動きを表しながら進んでいく。克久はホルンがタタタッタン、タタタッタンと、草原に吹く風の音を奏でる間に、トライアングルをかまえた。ベンちゃんの眉毛《まゆげ》が今だと告げる。克久が打ち鳴らすトライアングルの涼やかな音を聞き逃してしまう聴衆もいることだろう。しかし、それは決して欠くことができない重要なディテールだ。

一つの重要な仕事を終えた彼は、おごそかな足取りで大太鼓の前に進んで行く。まったく彼の足取りはおごそかとしか言いようのないものだ。たとえ、その足が三カ月以上一度も洗ったことのない上履きをはいていたとしても、重要な儀礼に参与する司祭のおごそかさを邪魔するものではなかった。

曲はクライマックスをめざし、正確に進行していた。少しも間違いがないとは言えない。小さなミスは、それぞれにすり傷、切り傷となってしみ込んでいたが、痛みを訴える暇はなかった。今、ここだという指示が指揮棒の先から飛んだその瞬間に、克久は大太鼓を一発、十分に抑制して打ち込んだ。もう一発、重要な部分がある。その指示は指揮棒からはこない。ベンちゃんの眉毛がここだぞとその打ち込むべき位置を教えた。克久の一発に続いて、マアさんがシンバルを華やかに響かせた。孔雀がその羽を震わせながら開く時の光そのものが、マアさんのシンバルの音だった。すかさず金管が高らかに孔雀の羽の輝きを繰り広げる。

金管が華やかに孔雀の大きく広げられた羽そのものを表現した中へ、あの夕暮れの風のようなホルンが通り過ぎていき、ティンパニが最後を力強く締めくくった。次の瞬間、すべての音は完全に消え失《う》せると同時に、威勢をほこった孔雀の姿も消えた。

四十七人の部員と一人の指揮者がいる。

拍手が湧《わ》き起こるより先に、四十七人の部員は、ただの中学生に戻る。

克久は中学校を卒業するまでの間に何度となくこの不思議な瞬間を経験することになるが、最初に経験したのはこの時だった。

夢から覚めるというようなあいまいなものではなかった。この世界には敬虔に参与すべき何かがあることが明快に身体で解る場所がそこにあった。そこから大事なものは隠されてしまっている場所へ戻ったということだ。大事なものは隠されてはいるが、克久はその痕跡《こんせき》をしっかり握っていた。だから、ホールのロビーで久夫から「上手だな」と言われた時、妙にしらけた気持ちになった。久しぶりに見る父の顔だが、克久はあまりうれしそうな顔はできなかった。

「俺、ちょっと、二発目の大太鼓の入りが遅れたから。まずかった」

「いや、うまいよ。上手だよ」

久夫に言われるほど、克久はしらけてしまう。そのしらけかたは地区大会で百合子に「小学生とはぜんぜん違う」と言われた時の、それどころじゃないという感じとは違った。久夫に「うまい」と言われるほど、克久の満足した気持ちがにごっていくような感じだった。

「なんかさ、変だと思わない」

宗田が花の木公園前のバス停のベンチに腰かけたから、他の男子も立ち止まった。

有木は小首をかしげて「何が」と宗田の話の先を催促した。

「ベンちゃんさ」

「どこも変じゃないよ。いつもと同じだ」

川島はチューバを抱えていた。町屋もチューバを抱えている。こんなデカイ楽器を抱えて、二人は学校から帰ったあと、また練習をしようというのだ。日は暮れかけていた。けれども、関東大会が近づいている。

「今年は言わないなと思って。あの音楽になってないって文句を」

「そう言えば聞かないな」

有木はトランペットの山村正男の顔を見た。

「県大《けんたい》の前には何度か言ってましたよ」

「去年の今頃なんて、毎日、五回は言ってたんだ。こんなのぜんぜん音楽になってない」

「そんなに言ったんですか」

新学期が始まってからも毎日、練習だった。帰りはいつも男子六人がかたまって帰る。

第五章　丸い大きな月

話は少し前後するのだが、克久は新学期そうそうにとんでもない目にあった。それは学校が始まって二日目のことだった。

教室に入るなり、相田になぐられた。

扉を開けたとたんに、相田の手が飛んできた。何がなんだか解《わか》らなかった。

「いや、ごめん。ごめん。痛かったかい」

相田は半ば笑いながら、びっくりした克久に近付いた。

「腕を振り回したら当たっちゃったんだ」

面と向かって平手打ちを食らわしたというのではないが、あきらかに、克久が教室へ入って来るのを待っていて、腕を振り回したのだ。鼻筋がずきんずきんしている克久には応答できない。

「ごめんな。ごめん」

相田は笑いながら、あやまるふりをした。

「いいんだよ」という一言《ひとこと》を克久から引き出そうとした。始業のベルが鳴った。このやりとりを見ていた生徒たちが席に着く。谷崎弓子のところに来ていた祥子も急いで、自分の教室へ戻ろうと小走りになった。

「わざとでしょ」

小さな声だが、唇をぐにゃぐにゃと曲げた祥子は、廊下へ出る時、相田に耳打ちした。相手は口許《くちもと》に冷たい笑いを浮かべながらも少しあせった。克久はそのすきに、何も言わずに静かに自分の席に座った。

うさぎが「今、ここだ」と指揮棒を振った。

克久は席に着こうとしていた相田に、鋭い一瞥《いちべつ》を投げつけた。それだけのことだが、克久はうさぎが突然現れ、絶好のタイミングで、相田をにらみつける瞬間を教えてくれたのに驚いていた。彼はいつも、こんなタイミングを逃して、我慢していただけだった。とは言え、これは一度ではすみそうもないというイヤな予感もした。ただの神経戦ではなくなってきたのだ。

吹奏楽部がまさかの関東大会銀賞という成績に終わったのは、それから二週間後のことだった。宗田が「ベンちゃんが音楽になってないという文句を言わないな」と首をひねっていた結果が、そんなふうに出たのだ。全国大会への出場を決めたほかの学校の生徒たちが、歓《よろこ》びの悲鳴をあげるなかで、花の木中学校吹奏楽部の部員たちは完全に固まってしまった。女の子でさえ、泣き出すまでにしばらくは啞然《あぜん》としていた。目がさめるとブラス。夜寝るまでブラス。休み時間もブラス。そういう夏は終ってしまった。

丸い大きな秋の月が花の木公園の上に昇る。赤い月だ。赤い月がのぞいた花の木公園の森の中で、うさぎがはねていた。

「ベンちゃんは、それほど、がっかりしていないんだ」

集まっているのは、有木、川島、宗田、町屋、山村、奥田の六人だ。集まっている場所は川島工務店の資材置場の二階である。

「大会のあと、君たちにすまなかったと言ってたけど。ほんとうはどうなのかな」

川島は自分が持って来た「きのこの山」をしげしげ見ながら、「ベンちゃんはがっかりしていない」という有木に首をひねった。

「そりゃ、がっかりはしているだろうけど、なんか、別のことを考えているみたいだ。今年の一年生は今までと違うって言ってるんだな」

「どう違うんでっか？」

町屋は相変わらず妙な関西弁だ。川島と二人でこの資材置場でさんざんチューバの練習をした。表は幹線道路だし、裏は町工場と畑で近所から騒音の苦情が出る心配はなかった。川島が引退したから、もう、この資材置場は使えないと思うと少し残念だ。

「どうと言われても、俺にもわからないし、ベンちゃんもこう違うとは言わなかったから。ただ、来年はマーチの年だから、今年の一年生にはぴったりなんだって、うれしそうだった」

有木も引退である。新しい部長はオーボエの鈴木女史に決まった。

「マーチの年ね。そうだな、課題曲は一年おきにマーチが出てくるけど、うちはあれが苦手だからな。今年、銀賞なんて意外だけど、おまえら、ひょっとしてマーチ、いけるかもしれんぞ」

宗田は町屋、山村、奥田の三人の顔を見ながら考え込んだ。確かにこいつらは行進曲が似合うかもしれない。

「お師匠さん、何見てはりますのや」

「これか。これって変わった形しているなと思って。ビスケットとチョコレートをのこにするのなんて、誰が考えたんだろ」

「もう一回、ビデオ見ますか」

奥田克久が巻き戻しが終わったビデオのスイッチを入れた。何回見ても、関東大会銀賞の文字がちょっと目に痛い。

「ここのあたまのところは、きれいだけどな」

「ボン、ボボボッて、チューバは県大《けんたい》のほうがきれいに入っているよ」

「でも、ここんとこ、やっぱり、びゃあびゃあ言っちゃって、木管と金管の応対は悪いよ。あ、昇りきれない。あがりきれないって、俺、思っていたもの。パパパパ、タタタアーンだろ」

三年生の親たちは関東大会銀賞にがっかりはしたものの、その反面ではほっと胸を撫《な》ぜおろしてもいた。

いつもの年ならば、演奏により一層の磨きをかけている時期だった。関東大会の時、まるまると太っていた月が、一度やせてから、また太り、川島工務店の資材置場の二階を覗《のぞ》いた。

何度、聞いても、克久は「くじゃく」の中盤でティンパニがタンタタ、タンタタ、タンタタと頭にアクセントを置きながら、正確にリズムを刻むところが好きだと感じる。赤い夕陽が現れるのは、いつもその部分だった。どうして、自分はこんなに正確なリズムに魅力を覚えるのだろうと、我ながら不思議でさえあった。決して派手とは言えない細部だった。

曲がクライマックスに近づくと、宗田が、練習の時のベンちゃんみたいに、

「パンパンパパパア、パパッ」

と高音へ駆け上がっていく部分を歌った。有木が右手でくるりと輪を描いて、掌《て》でこぶしを作る。音がぴったりと止《や》んだ。

月の光が窓から射《さ》し込んだ。ビデオの画面には青白くざらざらした光が流れた。

「うまく言えないんだけど、こういう音は、もう一生、作れないんじゃないかと思うんだ」

有木が何を言おうとしているか、みんなには解らなかったが、声のトーンが余計なことを言わせない静けさを持っていた。思慮深い声だった。

「ピアニッシモのところが弱過ぎたとか、後半、ラッパが走り気味だったとか、欠点はいろいろあるし、なんだか、自己満足を言うというのか、負け惜しみみたいなんだけど」

有木の鼻筋を月の光が滑った。部屋の中の六つの影は動かずにいた。

「負け惜しみと思われてもいいけど、もうこれから、絶対にこういう音は作れないと俺は思うんだ。うまい演奏とか深い演奏はこれからもできるけど、こんな真剣な音はきっとこれが最後だと。悪いな。変なこと言って」

有木は苦情を乾いたスポンジみたいに吸い込んでしまう部長だった。こんな部長は滅多にいるものではなかった。彼がいたおかげでずいぶん余計な文句を聞かずにすんだこともあった。

「まあ、そうなんだろう。有木の言う通りだよ。君はエライ！　でも、俺は下級生に来年はがんばりますと言われると腹が立つんだ。殴ったろかという気になる」

実にゆっくりした声で川島がにこにこしながら、殴るまねをした。

こんな真剣な音はもう二度と作れないと、有木が考えたのは、森勉が来年はきっと響きが変わると確信していたからなのかもしれない。川島が下級生に「来年はがんばります」と言われると「殴ったろか」という気持ちになるのも、有木が静かに話した感慨と一脈、通じ合っていた。

「それにしたって、俺たち、引退じゃないよ仮引退なんだからね。入試が終わったら、戻って来るから」

川島は定演のことを言っていた。有木が珍しく、

「入試が終わったらじゃなくて、入試に受かったらだろ」と冷やかしを言った。

黒木麻利亜がルイジアナへ行くという話を、克久が初めて聞いたのはこの日だった。

では、いったい、来年、ティンパニの前に立つのは誰なのだろう。克久は、たぶん祥子だろうと思った。自分がという考えはまるで湧《わ》かなかった。それどころか、数日後に森勉からティンパニをやらないかと言われても、返事ができなかった。森勉からティンパニをやるならば、打楽器奏者の先生を紹介すると言われた。克久は「考えさせて下さい」と答えながら、なんで祥子じゃなくて、俺なんだと首をひねるばかりだった。

祥子に悪いという気もした。打楽器であれば、やっぱり祥子だろうと思う。藤尾さんはどう思っているのだろうか。彼女くらい、きっぱりとお受験モードに入ってしまった人も珍しくて、学校からさっさと下校してしまうから、どう思っているのか聞く暇もない。

祥子は祥子でちょっとした事件に巻き込まれていた。

「だから、木村先生は、相手がいじめられたと感じたら、それはいじめなんだって言うのよ」

「それで、小泉さんは何って言ってるの」

「いじめられたと言えば、いじめられたような気もするって」

例によって、花の木公園前のバス停のベンチで祥子と克久、それに谷崎弓子が話していた。日はもう暮れていた。

「ような気がするってのが、ウザったいよね。木村先生も、いつも、人の話を聞いていないんだ。人の話を聞けって自分で言うくせに、全然聞いていないもの」

「自分ができないから、人に言うんだよ」

祥子が皮肉な笑みを浮かべた。

小泉雅恵《まさえ》はパーカスの一年生だ。祥子や克久より少し遅れて吹奏楽部に入って来た。そのせいか前から、なんとなく練習に熱が入らないことが多かった。克久は口に出しては言わなかったが、あんまり音楽が好きじゃないのかもしれないと彼女について感じていた。もう少し真面目《まじめ》にやってくれなきゃ困ると祥子が言い出したのは昨日のことだ。

「それで、誰と誰がいたの？」

学校の正門のところで、小泉を囲んで祥子たちが話し込んでいると木村先生が通りかかったと言う。克久は、その時、誰がいたかを質問した。彼自身はベンちゃんに呼ばれて、ティンパニを打たないかと言われていた時刻だ。もう日が暮れていた。小泉雅恵は泣き出していたそうだ。

「あたしでしょ。それにしょうちゃんに、ミンミンとアズモと、あと誰がいたんだっけ？」

谷崎弓子はつまらなそうに指折り数えた。

「山村君もいたしね。ま、五、六人で一人を囲んでいたら、いじめてるみたいに見えるだろうね」

「いじめてたわけじゃないもの」

「だけど、小泉さん、泣き出してたからね」

祥子の声が冷たい。ああ、これはかなり腹をたてているなと克久は口をつぐんだ。

「泣き出せばいいってもんじゃないって、昨日もアズモが言ったけどさ、木村先生の言うように、相手がいじめられてると感じたら、いじめなんだってことになったら、先にいじめられていると言った方が勝ちじゃない」

「じゃあ、木村先生に、いじめられているのはあたしたちですって言うの？　この子が練習をシラケさせるから、あたしたちいじめられているんですって」

「そこまでは言わないけど、頭からお前たちそれはいじめだって言うのは、ひどいじゃないの」

「神経質になっているんだよ。きっと」

「誰が。あたしが神経質になってるの」

「違う。違う。先生がさ、神経質になってるんだ。いじめを見落としたなんて、言われたら、かなわないから」

「それって、先生の都合じゃん」

「そうだよ」

「誰かがいじめられるようなことがあったら困ると思っているんじゃなくて、自分が責められて困るのが嫌だからじゃない」

「そうだよ」

「そんな、なんで、先生の都合なんかで、あたしたちが怒られなきゃならないの。職員会議で問題にするとか、なんとか言ってたけどさ」

「ベンちゃん、何って答えるんだろう？」

「なんか言うのかな。また、こっちが悪いことにされるの。アホかいな」

これじゃあ、ティンパニを誰が叩《たた》くかどころではなかった。花の木公園の森の中で、誰かがモーツァルトのホルン協奏曲を練習していた。あれは中学生の音じゃないなと、克久は思った。音が優しくて深い。

中学生よりずっと年上のホルン協奏曲は、時々、つまずく。つまずくと、手前のフレーズまで戻って、再び響き始めた。

「あたしたち、きつく言い過ぎたかな」

「そんなことないよ」

祥子の声はとてつもなく冷たかった。

「きつく言い過ぎたかもしれないけど、こんなことでつべこべ言う暇があったら、この子なんか、ハブされてるんだから、何とかすればいいんだよ」

ハブされてる？　それはいったいナンなのだろう。克久は悔しがる谷崎弓子の矛先が急に自分へ向いて来たので「ハブって何？」と祥子に聞いた。

「ハブかれている。省かれている。省略されているっていう意味」

祥子の冷たい声で言われると、胸にずしんと響く。

「シカトと違うの」

克久は目を丸くしてたずねた。

「同じかな。シカトは無視。ハブは省略。意味は当然、違います」

祥子はますます切り口上になった。

「あんた、気付いてないの」

谷崎弓子が呆《あき》れたという口調で言った。

「いや、そうじゃないけど……」

「この間だって、相田君、わざとこの子のこと叩いたんだよ。それから、ごめん、ごめん、ごめんなんて、顔は笑ってるんだもの、あんなのうそだよね」

谷崎弓子が言うのは、新学期早々の朝の出来事だが、克久はそれから、もっと怖い思いをしていた。校舎内の階段を降りていたら、後から突き飛ばされた。やったのは相田ではなくて、相田の子分みたいな生徒だったが、パターンは同じで、階段から転げ落ちた克久に、「悪かった。ちょっと不注意だった」と謝るふりをして通り過ぎた。教室でハブされるより、そっちのほうが身の危険を感じる。けれども、克久はそのことを誰にも言っていない。

「この子のことみたいなのは、放っぽっといてさ、全然おかど違いな文句つけるんだから」

「頭のいいやつなら、正門の前で、一人を取り囲んでいじめるなんてことをしないぐらいの推理はするよ」

「やだね。自分が大事。自分がかわいいってのは」

「そういうのに限って、いいことばかり言うんだよね。かっこがいいから。誰にも反論できない理屈ばかり並べるんだ」

「でも、小泉さん、本当にいじめられたと思っているのかな」

祥子と弓子はお互いの顔をまじまじと見た。

「いじめられたみたいって微妙だよね」

谷崎弓子がさびしそうに言った。それから「ああ、今日は塾がある日だ」と大急ぎで駆け出した。

「ねえ、ルイジアナってどこにあるの」

と祥子は克久に聞いた。

「えっ、アメリカにあるんだろ」

「だから、アメリカのどのあたりなんだろ。ニューヨークに近いのかな。それとも、ロサンゼルスのほうかな」

「さあ、知らない」

祥子もやっぱり気にしていたんだと克久は思った。バス停の二人の姿で、バスが速度を落としたが、乗るつもりがなさそうなので、そのまま走り去った。

「黒木さん、お父さんは何をしているんだろう」

「さあて、知らない」

「単身赴任しないのかな」

「そうだね」

「でも、いいな。アメリカに行けるなんて。高校もアメリカで行くのかな」

「どうだろう」

「あたしも、ニューヨークに行きたいな。高校生のうちから留学なんて、親はさせてくれないだろうけど」

そう言えば、祥子のうちは何をしているうちなのか知らなかったと、克久は彼女の横顔を見た。誰がどんな家で何をしているのか、克久たちはほとんど知らなかった。

「ニューヨークに行きたいの」

克久は祥子にティンパニを打つ気はないのかと確かめるつもりで、自分が全然別のことを聞いたから、我ながら臆病《おくびょう》だなと感じた。そう感じるところをみると、自分はぜひティンパニの前に立ってみたいと思っているのだろうか。自分のことながらよく解《わか》らなかった。祥子に悪いとは感じたものの、自分がどうしたいのかは考えていなかったのだ。

「高校を卒業したら、アメリカに行っちゃおうかな。うちの近くで高校卒業したら、すぐ留学した人がいるんだ。こんなところでちまちましているよりいいよね」

祥子は誰がティンパニを打つかより、黒木麻利亜がアメリカに行くのをうらやましがっていた。

「そんなにアメリカに行きたいんだ」

「アメリカじゃなくて、ニューヨークね」

「そうなんだ」

ああとため息をついた祥子は、思いっきりのびをしながら、

「花の木公園のうさぎはどうしたんだろう」

と言った。俺はいつうさぎの話など祥子にしたのだろうと、克久はしばし返事をしなかった。

うさぎの話は誰にもしなかった。こんな団地に囲まれた公園にうさぎがいると言っても誰も本気にしない。ばかにされるのがオチだった。いつ、祥子にうさぎの話などしたのだろう。それに、あまり話をしたくないと感じていた祥子と、自然に話すようになったのはいつ頃からだったのだろう。

「花の木公園にうさぎがいるのを知っていたの？」

「やだあ、一緒にうさぎを見たじゃない。ほら、夏休みに」

そう言われれば、そんなことがあった。

「うさぎ、最近、見たことがある？　この頃、見てないんだ」

「いや、僕も見ていない」

「どうしているんだろう」

「知らない」

「うさぎって冬眠するの」

「知らない」

「冬眠なんかしないよね。カメじゃないから」

「そうかな」

「たぶんね。あんた、何も知らないね」

「そうだね」

克久は祥子にとうとう、ティンパニの話を切り出し損ねてしまった。

「さ、もう、帰らないと。寒くなっちゃったし」

二台の自転車が花の木公園の方に走って来るのを見ながら、祥子はバス停のベンチから腰をあげた。花の木公園では暗くなったのにまだホルン協奏曲の練習が続いていた。日曜日になると、いろんな人が様々な楽器を持って練習に来る公園だ。

「あれ、黒木さんじゃないかな」

祥子に言われて、前を走る自転車の女の子を克久も見た。制服じゃなくて、ウインドパーカーを着ているけど、横顔は黒木麻利亜だった。

「それと池中の平野君だよ」

祥子はそうなんだという顔で、花の木公園に滑り込んでいく二台の自転車を見送った。

「やっぱり、ほんとなんだ。あの二人がつき合っているって」

「だけど、黒木さん、アメリカに行くんだろ」

「いつ、行くのかな」

「知らない」

「今年のうちだなんて言っていたけど。こんな時期でも異動はあるんだ」

「そうだね」

「ねえ、オクダ。君、やっぱり、何も知らなすぎよね」

「そうだなあ」

克久は苦笑いをもらして自転車が消えた公園の森を見た。

土曜日である。町屋から「番頭はん」と言われ、克久はナニソレという顔をした。

「まあ、番頭はん、そこに座りなはれ」

「番頭はんって言われてもなあ」

「だって、そう言わないと感じが出ないんだもの」

音楽準備室だ。身体《からだ》の大きな町屋はにこにこ笑っている。土曜日であらかたの生徒は下校した。

「ともかく、でんなア。あんたはん、ちと、ぐずやおまへんか、そりゃ、しょうちゃんに遠慮ということはあるかもしれまへん。そういう遠慮ってものをするのは、あんたのええとこや。そこは、わしも認める」

町屋のへんてこな関西弁もなかなかどうに入ってきた。

「遠慮ちゅうもんを人間忘れたら、あきまへん。そやけどなア、あんまり、ぐずやから、いつまでも、態度、決めないというのも、どうかと思いますのや。ベンちゃんかて、あんたはんに期待しています。そこが肝腎《かんじん》や。期待って言うもんは、誰でもしてもらえるものやおまへんでエ」

そういうことだったのかと克久は思わず笑った。部長が有木から鈴木女史に替わったせいか、ブラスの中がぎくしゃくしていたから、町屋のとぼけた話ぶりが余計におもしろかった。

「ぐずぐずせんと、さっさと決めなはれ。あんたのなァ、はっきりせんとこが、無責任に見えることもあれば、冷とおますなァと感じさせることもあるんやでェ。あんたが遠慮のつもりで、態度はっきりさせんといても、周りから見たら、そりゃ、ただの優柔不断や。ここはなァ、一つ、男らしゅうに、きっぱり、決めなはったらエエんや。そやろ」

ビデオとCDで覚えた関西弁だから、笑いながら聞いてられるけれど、これって、かなりずけずけ言われているのではないだろうか。

「わてかてなァ、こうして一人前の旦那《だんな》はんの説教ができますように、米朝のビデオ見て練習しましたネン」

はは、それで最初が「番頭はん」だったわけかと、ようやく、克久は納得した。

「練習したら、ナンでもできるようになりますのや。最初から自信のある人はおまへん。そりゃ、しょうちゃんは自信あるように見えます。そやけど、あの人かて、いろいろ、びくついてますネン」

だんだん町屋自身が説教をするのが、おもしろくなってきたようだ。金管アンサンブルの音が、四階の空教室から聞こえてきた。

「ここはひとつ、きっぱり、決めなはれ」

町屋がそう言った時、天井から聞こえて来た金管アンサンブルは吹奏楽部のいつもの練習曲ではなかった。

「あれっ、あれはナンタラ仕掛け人のテーマソングじゃなかったっけ？」

「あれか。あれはアランフェスって言うんだよ」

「誰が吹いているんだろう」

あんまり息が合っているとは言えないけれども、良い音を出していた。

「ミズ・スーザンじゃないかな。さっき、先輩たちが来ていたから」

今日は森勉が研修会のために出張で、珍しく吹奏楽の練習が休みになった。土曜日の午後は当然、練習があるものと思っている卒業生の何人かが、音楽室に顔を出したのに、たいていの部員が下校した後だったから、拍子抜けしていた。ミズ・スーザンも、毎週、土曜日には必ず音楽室に現れた。それを楽しみにしている。授業の時には英語だけしか使わない彼女も、音楽室ではカタコトの日本語も使う。

部長が有木から鈴木さんに替わっただけで、なんとなく、ぎこちなくなったブラスバンド部だった。以前から、鈴木さんは誰もあだ名では呼ばないし、名前から「さん」が外れることもなかった。

例の木村先生の一件もまだぶすぶすとくすぶっていた。部長連を組んだ二年生と、仮引退ということになっている三年生の間でも、なんだか感情的な対立があった。吹奏楽部にとってはおもしろくない季節だった。そんな中で、ミズ・スーザンの存在は明るいアクセントになっていた。

ミズ・スーザンとベンちゃんは話が合う。音楽の話をしていると二人とも幸福そうだ。なにがなんでもクラシック音楽のベンちゃんと、ポピュラーも大好きのミズ・スーザンが幸福そうに音楽の話ができるのは、たぶんベンちゃんの英語が、とてつもなくヘタクソなせいだ。あれで通じるんだと、部員一同、驚いたブロークン・イングリッシュだった。鈴木新部長は、いちいち文法の間違いを直したくなるとこぼしていた。文法がおかしいのはベンちゃんだけでなく、ミズ・スーザンまでつられてヘンな英語を使った。

ミズ・スーザンは定期演奏会で客演してくれる約束ができていた。四階の空教室で、アランフェスを吹いているのはOBと彼女だ。いきなり合わせたにしては、結構、いいコンビネーションだった。克久と町屋はしばらくその音を聞いていた。

「なんか、ちょうど、いいところで、タリランだったなァ」

「いいBGMだったね」

「あれで、もうちょっと、低い音も入ると、かっこいいよなァ」

「そうだね」

克久は天井を見て、ミズ・スーザンのそばかすを思い出した。ミズ・スーザンは一人で日本にいる。来年の春までは日本にいて、そのあとはまた大学に戻るのだそうだ。しょうちゃんはニューヨークに行きたいと言う。行けるものなら、中学校を卒業したらすぐにでも、行きたいと言っていた。黒木麻利亜はルイジアナに行く。一人で行くわけではないけれど、向こうのハイスクールに通い出したら、教室では東洋人の子どもは彼女一人かもしれない。

天井から響くアランフェスを聞いていると、克久は一人だけきわだって異質な存在として目立つのは、どういう気持ちだろうと、なんだか、遠くを見るような気持ちになった。一人、一人、みんな違う個性を持っていると教えられたが、ミズ・スーザンやしょうちゃんや黒木麻利亜のことを想像してみると、「個性の違い」なんて言葉があまり意味を持たなくなる。いや、克久はそれまで、一人だけぜんぜん違う人間として、大勢の中にぽつんといるということを想像してみたことがなかったのだ。

ほんとうは、みんな外国人みたいなものなんじゃないのか？　克久はそんなことを考えた。

「なんだ、まだ、いたの」

クラリネットを持った有木が顔を出す。たぶん、これから少し練習しようというのだ。三年生が引退じゃない、仮引退だというのにこだわるわけは、時々、吹いておかないとカンが鈍るから音楽室を利用する正当な権利を主張したいからという理由もあった。

「あの、ほら、小泉さんのこと、まだなんかごちゃごちゃしているんだって」

「これから練習ですか？」

有木の質問には答えずに、町屋が聞いた。

「俺、図書室にいたんだ。うちに帰っても集中できなくてさ。あれ、聞いていたら、ちょっと吹きたくなったし、それに三年生はさっさと下校しろって追い出されちゃったから」

「それじゃ、まずいじゃないですか」

「いいサ。それより、いじめられたなんて言うんなら、しばらく何も言わないほうがいいよ。小泉さんには。言っているほうのことを何も考えてないやつに、ものを言う必要はないからね」

有木にしては珍しくきついことを言った。

さっさと決めなはれやと言う町屋に、克久は「もう少し考えさせてくれ」と返事をしてから、またたく間に一週間が過ぎた。自分がどうしたいのかで決めればいいと言われても考えてみると、そういうふうにものを考えたことは、一度もなかった気がした。

一度もないと言うのが言い過ぎなら、こんなにあっちこっちから、お前自身はどうしたいんだと問いかけられるのは初めてだった。だから、よけいに返事がしにくい。県大会を最後に吹奏楽部をやめた田中さんが、克久に話しかけてきたのも、克久の気持ちを複雑にした。田中さんは、当番でゴミを燃やしていた克久のそばに来て、

「この焼却炉、ダイオキシンが出るから、なくなっちゃうんだって」

と、いきなり言った。

「なくなっちゃうと、つまんないよね。ゴミ燃やせなくなるから。あたし、ゴミ燃すの好きなんだ」

独り言を言うように言って、学校のフェンスに巻きついた蔓薔薇《つるばら》の実をむしった。

「火燃して、ダイオキシンで死んじゃってもいいのに」

人は見かけによらないものだ。こんな茶色い目をしたおとなしそうな子が、火を燃すのが好きだなんて解《わか》らない。

「みんな、どうしてる……」

克久は田中さんがそう聞いた声で、この子はブラバンをやめたくなかったんだと気

づいた。フルートは今でも先生についていた。ピアノも習っていた。将来、ソリストになるかもしれない。本人もソリストになれればいいなと思っていた。ソリストになりたいなら、ヘタクソの中に混じってはいけないと言われたみたいだ。克久ははっきり言わない田中さんの話を、そんなふうに整理してみた。

それでも、ブラバンをやりたいと田中さん自身は強く思っている。茶色い目が光っていた。それって、自分のやりたいことをやっているんだろうか、それともやっていないのだろうか。克久は焼却炉の蓋《ふた》を閉じ、空に上る煙を眺めてから、田中さんのむしった蔓薔薇の実を踏みつけた。

「今度さ、また、みんなのこと聞かせて」

彼女はそんなふうに言った。いつものように練習を終えた時、克久は彼女がそう言ったのを思い出しながら、ティンパニを音楽準備室に運び込んだ。これを叩《たた》く藤尾さんがかっこ良かったから、俺はブラバンに入ったんだよなと眺めていたら、他の生徒は全部、帰ってしまった。もう暗くなっていた。

暗い階段を一人で下りていると、上の方から、もう一人、誰かが下りて来る足音がした。

やけに大きく響く足音だった。なんだか気味が悪い。ふつうに歩く速度よりも、遅い。ゆっくり階段を下りて来るのだ。克久は足音が近付いて来たので背中を固くした。

足音は彼の真後ろまで来た。

次の瞬間、克久は階段から突き落とされた。

ほんの二、三段であったけれども、それでも突き落とされたことに変わりはない。手を使ってではなかった。身体で故意にぶつかって来た。相田守の腰巾着《こしぎんちゃく》、辻田《つじた》だった。これが二度目だった。

「なにをするんだ」

克久は立ち上がりながらそう言った。胸の中でうさぎが指揮棒を握っていた。

「いや、ぶつかっただけ、ごめんなア」

相田より声が高いだけに、ずっと嫌な感じがした。

「ごめんじゃ、すまないだろ」

うさぎはそうそう、その調子とうなずいている。

「じゃあ、どうしろって言うんだ。わざとじゃないんだもの」

「わざとだろ、わざとやったんだろ。わざとやらなきゃぶつかるはずがない」

克久の声がだんだん大きくなった。

「暗くて見えなかったんだ」

「いいか、よく聞け。君はふつうよりゆっくりした速度で歩いて来たんだ。暗くても、ちゃんと階段が下りられたんだ。僕が見えなかったと、それでも言うのか」

いいか、よく聞けというところは、ベンちゃんの日頃、愛用のセリフから借用した。妙なところで役に立つものだ。克久の声に力が入って来て、辻田の声が弱々しくなった。

「でも、わざとじゃないス」

辻田は唇をとがらせていた。

「それにあやまったじゃないか」

「あれであやまったつもりなんだ」

なかなかやるものだネと胸のうさぎは指揮棒を持ったまま感心していた。そして、

「はい、ここで、フォルテで一発」と、「ふざけるな、ばかやろう」と言うように指示を出した。克久にしてみると「えっ」という感じだった。まさか、そんな指示が来るとは思わなかった。

「ふざけるな、ばかやろう」

なんだか間の抜けた「ふざけるな、ばかやろう」である。フォルテというわけにもいかず、ピアノくらいである。辻田が笑うのも、克久の声がふにゃふにゃしていたか

らだ。

「ばかやろうとは、言ってくれるな」

「ばかやろうは、ばかやろうだ」

今度はフォルテを通り越して、フォルティッシモ、いやフォルテが三つならんだ、フォルティッシッシモになってしまった。廊下に反響して、がんがん響いた。こんな克久は見たことがない。辻田は驚いたかというと、これが案外、へっちゃらな顔をしていた。

「だから、あやまっただろ」

声音《こわね》のコントロールということになると、辻田のほうがだんぜん上だった。さすがに相田守の腰巾着だけのことはあった。辻田は奥田克久は声のコントロールを失っただけではなく、たぶん感情のコントロールも失っているのだろうと踏んだ。

「あやまっているのに、文句あるか」

「危ないだろ」

「あやまっているのに文句あるんですか」

「文句はあるね。わざとだ」

「そうじゃない」

「いや、ぶつかったのでなくて、突き落としたんだ」

「そうじゃない」

辻田は克久を小ばかにして笑った。どうやら、克久がキレるのを待っているらしい。このままだと押し問答になる。

「わざとだって言う証拠はあるのか」

「そうじゃないと言える証拠はどうなんだ」

今日の克久はけっこう粘る。粘るのはいいが、どこへ決着を持っていくつもりなのか。そのあてがなかった。

彼の胸のうさぎは、先刻のフォルティッシッシモによほど、びっくりしたのか、指揮棒を持ったまま、考えあぐねてしまった。

その、うさぎが、そうだ！　というようにぴょんと跳ねた。

「今日のところは、あやまったということにしてやろう」

これは、もう少し低くてドスのきいた声音で言わなければいけない。指揮棒を持ったうさぎとしては、譜面台をトントンと叩いて、克久に「そこ、もう一度。落ち着いて音節をはっきり区切るように」と言いたいところだけれども、ステージの本番と同じで、ダメ出しは出来ないのである。

「けっ」

辻田は克久の言い草がおもしろくないと言うように息を吐いた。

「そこで何をしているんだ」

大きな声は木村先生だった。校舎内に響き渡った克久のフォルティッシシモは、職員室にも届いたのである。

「奥田君が僕のことをばかやろうと言ったのです」

いち早く答えたのは辻田だった。

奥田君に罵倒《ばとう》されたと訴えたのは、辻田だったが、彼は内心では面倒なことになったなと、逃げの手を考え始めていた。面倒だと感じるのは克久も同じだった。事情を尋ねられるというのは何によらず面倒だ。階段をぱたぱた下りて来るのが、人の話は聞かない木村先生では、余計に面倒だ。

人の話は聞かない代わりに、自分の説教は長い。国語の先生で、祥子のクラスを担当していた。たぶん「聞く」と「話す」のうちの「話す」だけを勉強したのだ。

「こんな真っ暗な中で何をしているんだ」

「奥田君から文句を言われてたんでエす」

語尾を伸ばして、一本調子に辻田が答える。

「とうに下校時間を過ぎているじゃないか」

階段を下りていたら、後からぶつかられたのだと言おうとした克久は、この一言《ひとこと》で自分の言葉を飲み込んでしまった。

克久が「ばかやろう」と怒鳴ったよりも、生徒が下校時間を厳守していないことのほうが木村先生には、より重要な問題だった。

「だんだん、日も短くなっているし、最近は花の木公園のあたりでは変質者も出るって警察から注意も来ているんだ。女子だけが被害者になるとは限らないんだよ。小学校のほうだけど、男の子が背中から抱き付かれたって報告もあるんだ」

だから、早く帰れと言いたいのだろうか。それにしては話が長くなりそうだ。

「男子だから被害に遭わないと言える時代ではないからね。奥田君もこんなところで、けんかなんかしていないで、さっさと家に帰らないと。それじゃなくても、ブラバンは帰りが遅いって、年中、問題になっているんだ。練習が終わったら、さっさと帰んなさい」

事情を問い詰められるのも面倒だが、理由も聞かずにけんかと言われるのも、克久には心外だった。

「はい。帰ります」

心外な克久に比べれば、辻田はすっきりと返事ができた。いつもの克久らしくない克久と押し問答の揚げ句にけんかになることを思えば、木村先生は辻田にとって助けの神であったかもしれない。

「奥田君も帰るんだね」

「ええ、帰ります」

「二人とも気をつけて帰るんだよ」

「はい」

克久と辻田はもう口を利《き》かなかった。学校の正門を出たところで、二人の帰宅の方角は右と左に分かれた。

克久は花の木公園入口の自動販売機の前で立ち止まった。コーラを一本、買う。下校途中の飲食は禁止されているが、かまうことはないと思った。コーラを一息に飲みながら、ティンパニを叩く決心をした。空に月がある。

第六章　マレットはうたう

「打楽器奏者に必要なのは決断力なんだ」

奥田克久が広田先生のところに通い出して四カ月があっと言う間に過ぎた。寒い冬が終わろうとしている。

広田先生はベンちゃんの友だちと言うけれども、どういった友人なのかよく解《わか》らない。「決断力」というのが広田先生の口癖だ。いや、克久が「決断力」を広田先生の口癖にしてしまったのかもしれない。

広田先生の家に克久が出掛けるのは、一カ月に一度くらいだった。克久は電車に乗って行動することを覚えた。

正月に東京へ戻っていた父の久夫を東京駅まで見送る気になったのも、たぶん、彼が電車に乗って行動できるようになったからだ。なにしろ新幹線に乗る久夫を見送ったら、一人で家まで戻らなければならない。私立中学校へ進んだ小学校時代の同級生たちは、電車に乗ることなど何とも思っていないかもしれないが、克久のそれまでの行動範囲からすれば、電車が自由に使えるというのは飛躍的な進歩だった。

そのうえ、彼はもう一歩、進歩してしまった。克久の進歩には、久夫の気まぐれも手伝っていた。新幹線の乗車口で久夫が「来るか？」と手招きをしたので、発車まぎわの列車に克久も乗ってしまった。

「だって、明日から新学期なのよ」

名古屋に到着してから家に電話を入れると百合子があきれたような、驚いたような声を出した。早朝の列車で東京に戻るか、それともその日のうちに引き返すかで、百合子と克久は押し問答をした。克久としては、父のところに泊まってみたいような気もしていたのだが、久夫と百合子の間で相談がまとまって、結局、名古屋駅から東京に送り返されることになった。それでも、克久としては夜の闇《やみ》の中を突っ走る新幹線に一人で乗るのは大冒険であった。

しかし、夜の新幹線の座席に一人で座っていた以上に、名古屋駅で久夫と交わした会話が妙に印象に残った。

克久は暮れから通い始めた広田先生の話をした。

「いつも、そう言っても、まだ二回だけだけど、君は決断力が足りないって言われるんだ」

「そりゃ、きっと、腹をすえてかかれということだな」

「そうかな」

久夫は克久の顔を見ずに腹をすえてかかれと言ったのである。駅のそばで大きな予備校の看板があかあかとした光を放っていた。

久夫の用語では「決断力」と「腹をすえてかかれ」というのは同じ意味になってしまうらしい。とは言え、「腹をすえろ」と言われてもぴんとこない。なにしろ、話題は音楽のことであり、ティンパニをどう叩《たた》くかという話なのだから。

「人間はアレだな、腹をすえろと言われても、そう簡単に腹なんかすわんないんだ。やっぱり何かしら、迷いというものは出るから」

息子が打楽器のレッスンを受けに通い出したことの助言にしてはなんだか奇妙だ。大げさ過ぎるんじゃないか。そんな気が克久にはした。言っていることが大げさなのではなくて、久夫の声がシリアスだった。

久夫は肩をそびやかせ、ほっと息をついた。白い息を目立つほど吐き出した。克久はその白い息を黙って見ていた。

上りの新幹線がホームに入って来た。

「それじゃ、お母さんも自分の店の開店が近くて忙しいから、困らせたらだめだよ」

「解っているよ」

いつもの癖でぶっきらぼうな返事をした。

新幹線の扉が閉じる。

「今度、ひとりで名古屋に遊びに来い！」

たぶん父はそう言ったのだと思う。新幹線はもう滑り出していた。克久は手を振った。


暮れから正月の間じゅう、何か変だった。久夫がいない生活に慣れてしまったから、家の中に大人が一人、増えたために変な感じがするのかしらとも思えた。一年がかりで準備してきた百合子の陶器店がいよいよ開店ということで、いつもの年とは違ったのかもしれないとも思った。それでも、肩をそびやかせて白い息を吐いた久夫の顔は、克久の知らない人のように若々しかった。克久の年齢がもう少し高ければ、同じ久夫の顔に幼さを見たかもしれなかった。何か迷っているのかもしれない。克久さえ、夜の列車に揺られていると、そんな想像をした。あの時と似ていると、夏の県大会の時、並んで座っていた父と母が、見知らぬ二人に見えた時の感触を思い出したりもした。

ともかく、白い息を吐いた父の姿は、かなり強烈な印象を克久に残した。彼はその姿を時おり、思い出す。それも、かなり変な時だ。

例えば、田中さん、あの目の茶色い、フルートの上手な女の子だが、彼女と話している時に、急に父の姿が浮かぶのだった。なぜだかは、克久自身にも解らなかった。田中さんは克久が練習を終えるのを待っているようになっていた。もちろん、彼女自身のフルートのレッスンのない日だ。いつの間にか田中さんと奥田君というわさを立てられていた。それを教えてくれたのはアズモだった。

アズモが「田中さんと奥田君はうわさになっているよ」と教えてくれた。

「なんで?」

「いつも一緒に帰るから」

「いつもじゃないよ」

アズモにそう答えながら、克久は自分の胸の中に久しぶりに、壁塗りをする左官屋が登場した。左官屋がいることなど忘れていた。左官屋はおずおずと仕事をしようかどうか迷っていた。克久にたずねてくるようだった。でも、結局、左官屋は仕事をしなかった。

アズモはにこにこしている。ちゃあんと知ってるんだからという顔だ。

克久も「いつもじゃないよ」とは答えたけれども、「そんなんじゃないよ」とは言わなかった。田中さんとは話が合う。特に森勉の紹介で広田先生のところに通い出してからはフルートのホームレッスンに通っている田中さんと話していて、おもしろかった。

アズモが「うわさになっているよ」と教えてくれた日も、田中さんはそろそろ練習は終わろうかという頃を見計らって、音楽室に顔を出した。

寒い冬が過ぎようとしていた。

受験を終えた三年生が、次々に朝練《あされん》や通常の練習に戻って来た。

来年度のコンクール曲の総譜《スコア》とパート譜が森勉から渡された。

「うん、いいよ。いいよ。マレットの動きが正確になってきた。でも、まだ決断力が足りない」

定期演奏会でティンパニの前に立つ克久は相変わらず広田先生にそう言われていた。

公立高校の試験が終わり、三月になると、吹奏楽部の保護者会が開かれ、定期演奏会の練習で帰宅が遅くなるという説明があった。遅くなると言っても、八時頃だろうとタカをくっていた百合子は、九時どころか十時になることもあると聞いて驚いた。指揮棒を振り過ぎて、森勉の腕時計が止まってしまうのだ。でも、それ以上、遅くなることはない。なぜなら、近所から騒音の苦情が来るからだ。

音楽というのはヘンなものだ。解らないという人には、ぜんぜん解らない。野球やサッカーに興味を感じられないという人間がいるように、音楽に興味はない人間もいる。ところが異様な真剣さを生むところは、野球やサッカーと同じだ。間近にいると、触れたら切れるような真剣さというのは、肌で伝わってくる。それに学校の帰りが遅くなるのは、けしからんと感じる家庭の子どもは定期演奏会の練習が熱を帯びる前に、退部させられていた。田中さんがそうだったように。

「奥田君、広田先生、好きみたいね」

「うん」

広田先生の家から帰る電車の中で、田中さんに出会った。いつも見る制服の田中さんでなくて、クリーム色のセーターを着た田中さんだった。日曜日の夜だ。

「田中さんも、レッスンだったの」

「うん」

「レッスン、楽しい?」

「まあね。好きで通っているということになってるから。でも、フルート、あきてきちゃった」

「え、そうなんだ」

日曜日の電車だから、家族連れが多い。お父さんの膝《ひざ》の上で眠ってしまった小さな子もいた。田中さんと克久はのんびりした車内で吊《つ》り革につかまっていた。

「ねえ、来年のコンクールは、ベルキスやるんでしょ」

「うん、シバの女王だね」

コンクールの自由曲はオットリーノ・レスピーギのバレエ組曲「シバの女王ベルキス」で、「戦いの踊り」「夜明けのベルキスの踊り」「饗宴《きょうえん》の踊り」の三曲を組み合わせることになった。「くじゃく」よりも難しそうな気がした。例によって克久のところにきたパート譜は、ほとんど、線の上に音符が並んでいるだけのものだから、全体だとどんな曲になるのか見当もつかない。ただし、ティンパニの譜面には音階がある。音階があるだけでなく、やたら出番が多い。

「しょうちゃん、元気?」

「うん、元気だよ」

「いいな。ベルキスやるなんて。あれ、すごいよ。やりたいナ」

茶色の目をした田中さんは、黙っていればおとなしいとか、もの静かという言葉が似合う少女だった。声も穏やかだ。でも、おそろしく攻撃的なところが、口を開くとあらわれた。その田中さんがやりたいというベルキスも、かなり攻撃的な曲だった。

「ベルキス、やりたいの？　みんなで？」

「うん、あれはやってみたい。前にテレビで外国のオーケストラが、演奏しているのを聞いたことがあるんだ」

克久は森勉が、なんでこんなティンパニの多い曲を選んだのか解らなかった。解らない以上に自分に務まるかどうか不安だった。が、みんなに混じってベルキスをやりたいと言う田中さんのそばでは、それは言えなかった。二人は黙った。

電車は二人が住んでいる街の明かりが、窓の外に見えるところまで来た。いろんな人が様々な思いを抱えている集合住宅の明かりが、すまして並んでいた。

時間は矢のように進んでいた。ベルキスで普門館を狙《ねら》うんだと、三年生たちは、田中さんと同じように、後に残る克久たちがうらやましいと言う。克久の学年の生徒は普門館を知らない。ただ、コンクールの全国大会が開催される場所として神々《こうごう》しいまでの響きをその名称は持っていた。

ベルキスの譜読みと並行して、定期演奏会の練習も進む。約束どおり、帰国前のミズ・スーザンも加わった。ベンちゃんの指示の中に「ブライト！」とか「グッド！」というカタカナ英語が飛び込んできた。「ダァイ」というのは「音が死んでる」の意味だった。部長の鈴木女史は「わけ、解んない」が口癖になった。怒り出すと、それが「わけ、解んネェ」になった。あらゆる部員の苦情を吸い込んでしまうスポンジのような有木から、鈴木女史に部長が替わって、変化したことと言えば、みんなが彼女の口から「わけ、解んネエ」が飛び出すタイミングを察知するようになったことだ。真面目《まじめ》な女の子にはありがちなことだが、一度、怒り出すと、簡単には止まらない鈴木女史だった。

彼らだって、普通の中学生で、定期試験は受けなければならないし、卒業式の練習もあるから、三月は飛ぶように過ぎていった。わけ解らないのは、鈴木女史ばかりではなかった。

千席ある市民ホールの座席は定期演奏会の日、ほぼ満席になった。けれども、来ると言っていた田中さんの姿はどこにもなかった。ルイジアナに行った黒木麻利亜も、定演の時には帰国すると言っていたが、現れなかった。やっぱり、アメリカは遠い外国だった。客席が沸いたのは、卒業する生徒への花束贈呈に混じって、ミズ・スーザンも花束をもらった時だ。彼女は定演後の打ち上げパーティーに付き合ったことは言うまでもない。

その年、吹奏楽部は八人の新人部員を迎えた。八人のうち、半分の四人が男子だったのは驚くべきことだ。パーカスには丸川繁《しげる》が加わった。通称、マルちゃんである。

藤尾にかわってパートリーダーになったマリンバの瀬野もマルちゃんが加わったのを喜んでいた。

「打楽器はリズムメーカーであり、タイムキーパーの役割もするし、時には音楽全体のアクセントをつけることもあるんだ」

克久も背の低いマルちゃんにこんなことが言えるようになった。相田守とは二年生になって別のクラスになった。新規開店にこぎつけた百合子も多忙だ。克久の身の周りに流れる時間は矢のように速かったのだが、ある晩、百合子の一言《ひとこと》で時の流れがぴたりと止まった。

「お父さんに恋人がいたら、どうする」

そりゃ、一大事だ。克久は百合子の顔をまじまじと見た。冗談なのか深刻《シリアス》なのか。百合子の顔つきから読み取ろうとしたが読めない。克久の耳の方も何も教えてくれなかった。

後で考えると、愛人なんて言わずに恋人って言ったところが百合子らしい。だから余計に冗談なのか深刻なのか解《わか》らないのだ。克久のまわりで急激な流れかたをしていた時間がそこだけ、ぽつんと止まってしまった。

びっくりしていた克久に百合子は言った。

「ま、子供にこんな話しても仕方がないか。あんた、まだガキだもの」

これは間違いなく冗談だった。克久はガキと言われても気分は悪くならなかった。むしろ、そう言われてみると、ほっとした。ほっとしてみると、お父さんに恋人がいて、お母さんはビジネスに忙しくて、僕はパーカスに夢中では、一家ばらばら、てんでに勝手ではないかと、笑えた。一家はばらばらになっているにしては、けっこう穏やかで和やかに過ごしているのだ。

いつの間にか、花の木中学を囲むフェンスに蔓薔薇《つるばら》がいっぱいに花をつける季節になっていた。百合子の一言にも驚いた克久だが、相田守が下校時に他の生徒から殴られたというううわさ話にも、「え、いつからそんなことになっていたんだ」と虚を突かれた。こんな時、谷崎弓子ならきっと詳しい話をどこかから聞き出しているに違いないが、二年生になって彼女とはクラスが違っていた。

知りたいと思った。相田守がなぜ他の生徒に殴られたのかを知りたかった。一対一のけんかというものではなかった。数人の生徒から不意打ちをくらって袋だたきにされたということまでは、祥子から聞いた。祥子は、ヤンキーぽいのが何人かいるじゃんと冷静だった。祥子も谷崎弓子も、一年生の時、克久が相田守からハブかれていることを知っていたから、詳しいことを知りたいと思っても、なんだか「ざまあみろ」

という気分で根掘り葉掘り聞き出すように思われるのは心外だった。

時間が恐ろしい勢いで流れていたのは、克久だけではなかった。相田守の身の周りも刻々と変化して、相田自身でも気づかぬ方向に流されているということはある。谷崎弓子も祥子も速い時の流れの中にいた。子供から見れば、大人は変わらぬ時の澱《よど》みの中に浮き沈みしているように見えるが、久夫だって百合子だって、同じように速い流れの中にいた。克久はそのことに、関心を持った。相田守がどんな時の流れの中に落ちたのか、それを知りたかった。

黒いビロードを貼《は》った箱の中に、ティンパニのマレットがずらりと勢揃《せいぞろ》いしていた。広田先生のセットだ。マレットの質によって音の質が変わってくる。いつものレッスンを終えた克久は、マレットのセットを眺めながら、有木や宗田に聞いてみようとして、聞けなかったことを広田先生に聞いてみる気になった。

よく晴れた日の午後だ。広田先生の家はマンションの一階だ。

「先生、好きな人はいますか？」

レッスンのあと、飲み物を取りに行って戻った広田先生は、おやっという顔をした。

「君はどうなの」

広田先生は独身ではない。ちゃあんと奥さんがいる。克久の顔を見ながら、質問を谺《こだま》のように返した広田先生は、きっと克久が彼自身のことを話そうとしているのだと思ったに違いない。

広田先生は笑顔で眼鏡を拭《ふ》いていた。

克久は質問を変えた。

「先生、恋していますか」

なんだか余計に先生をからかっているような問い掛けになり、克久は困った。正確に質問しようとすれば「先生は結婚してから、恋をしたことがありますか？」ということになるのだが、克久にはそういう質問のセンテンスが作れなかった。そんなことを聞いてみることができるのは、彼の身の周りでは広田先生以外には、誰もいなかった。

広田先生は奥さんのほかに恋人がいるような感じがあった。だから、聞いてはいけないことを聞いたと、克久は首をすくめた。

「恋ねえ、してるよ。太鼓に」

そういう話ではないのだ。もっとも、中学生に「恋をしているか」と質問されて、その質問にかなり切実なものが含まれているのを気付く大人は少ないだろう。言うまでもなく克久の頭に引っ掛かっていたのは、百合子の一言だった。冗談みたいな一言だったが、そこだけ時間が静止していた。

「僕が太鼓に恋しちゃったのは、君と同じで中学生の時で、森君はホルンを吹いていたんだ」

「え、森先生とは中学生の時からの知り合いですか」

「あれ、知らなかったの？」

思い切って聞いたわりには、話が妙な方向に進んでしまった。

「森がブラバンに入ったら、指揮をやらせてくれるというから、僕も入ったんだ。そうしたら、太鼓を叩《たた》かせられるハメになった。ま、合ってたんだろうけど。僕に」

「指揮者をですか？」

克久は笑っている広田先生に聞き返した。

「指揮者って言っても、今みたいなコンダクターではなくて、僕たちの学校では生徒が指揮をしていたんだ」

「いつも生徒が指揮をしていたんですか？」

「いや、コンクールの時は違うけど、毎週の朝礼の時に、生徒が、マーチングバンドのドラムメジャーが使うような、大きな指揮棒を持って、朝礼台で指揮をしていた。

まあ、鼓笛隊とあんまり変わらないな」

「一年生に指揮を取らせたんですか」

「そう言って誘われただけだよ。森君はねえ、男の子一人で吹奏楽部に入りたくなかったんだろ。僕が、指揮だったらできそうだなんて言ったものだから、その時の勢いで、指揮者をやらせてやるって、まだ、自分が入部もしていないうちに、そう言ったんだな」

「中学生の森先生って、どんなでした？」

「今と変わんないよ」

「同じですか？」

「ほんと、ぜんぜん、変わってない。小さくて猿みたいで頑固者で」

克久は苦笑した。小さくて猿みたいで、学校の廊下をすばしっこく歩いている。真っすぐに歩いていても、誰にもぶつからないのは、歩き方にリズムがあるせいだと克久は思うようになった。

「それにお喋《しゃべ》りだし」

「え、お喋りなんですか？」

「学校では、あまり喋らないの？」

「お喋りっていうのはちょっと」

はてなという具合に克久が首を曲げた。

「音楽の話を始めるとずっとしているのを知らない？」

音楽の話をしているより、指揮棒を振っている時間の方がずっと長い森先生だが、指揮棒が振れる状態にまで、パート練習がまとまってこない限り、音楽室に現れることさえ滅多にない。

「お喋りは嫌いみたいです」

「なんで、そう思うの」

「保護者のおばさんたちが苦手だから」

「ああ、そうか。森君はおばさんが苦手なんだ。解る気がするな」

「おばさんたちになるべく近づかないようにしています。おばさんは絶対に余計なこと喋るから、近づかないのかな」

「僕、それ、解るな。あれで、神経質なところがあるから。頭の中に響いている音が、殺されちゃうのはきっとやなんだな」

神経質？　それは少し違う気がする。それにしても森先生がお喋りだなんて初耳だった。

「僕なんか、森君のお喋りに乗せられて、こんなことになったんだ。まさか、こんなことになるとは、自分でも夢にも思ってなかった。出会っちゃったというのか」

「こんなことにですか？」

「そう、こんなことに」

広田先生がいたずらっぽく笑った。その視線はずらりと並んだマレットの上に注がれた。こんなことになったというのは、言うまでもなく打楽器奏者になったことを指していた。後悔しているわけではないことはもちろんだ。

けれども、やっぱり、マンションの一階に防音室を作って、ティンパニを置き、狭い部屋を打楽器類で一杯にしているのは、ちょっと変わっていた。出会っちゃったとはそういうことだった。

「あんまり上手な演奏をする学校じゃなかったから。楽器だって、そろっていないし。小学校の鼓笛隊と変わりがなかった。森君が、僕を誘って、ほかの学校の演奏を聞きに行こうと言わなければ、あんなに、つかまっちゃうことはなかったかもしれない」

「有木さんは、あ、去年、卒業した先輩で、クラリネットを吹いていたんですけど、高校に行ったら、おもしろくないって言ってました。うまくないとこでやってもつまらないって」

「そうね。一度、ここまでできちゃうんだと実感したら、並大抵では物足りないだろう。僕は、ほら、最初から下手だったから。どうしたら、あんなになれるんだろうって思ってたし。君たちの方がよほどうまいよ。これからも、うまくなる」

「そうですか」

「そうだ」

でこぼこ道をキャタピラで走るみたいだったロールは滑らかになった。けれども、藤尾が叩いていた時の方が、全体にうまく溶け込んでいたと克久は思う。今はばらばらだった。これで、まとまりがつくのかなと不安になるほど、同じパーカッションのパートの中でも、部員がそれぞれに自己主張して、音がまとまらないのを、年中、パートリーダーの瀬野も悩んでいた。

「ベルキスなんて、できるんでしょうか」

「森先生はできると思っているんだろ」

「たぶん」

「じゃあ、できる。できるようにしよう」

「そうですね」

「でも、なんでこんな話になったんだっけ？」

えっと、克久ははにかんだように笑った。「先生は恋人がいますか」ともう一度、聞いてみたかったが、その勇気はなかった。やっぱり決断力が不足していた。

天気が良かった。そのせいか、校長先生の御機嫌もよかった。テネシーワルツをハミングしながら、廊下を歩いていた。

この頃では、鈴木女史が怒るのも、恒例になっていた。もっとも、その日は定刻で練習を始められなかったという理由で、ベンちゃんまで怒り出したので、天気が良いなんてさっぱりした気分でもいられなかったが、克久の頭に引っ掛かっていたのは、そんなことではなかった。

今朝、練習に出ようと急いでいる克久に百合子が、「夏休みになったら、福岡の伯父さんのところに行こう」と言ったのだ。

百合子だって、克久に夏休みというものが無いのを昨年の経験でよく知っているはずだった。なんだか、怒っているみたいな声に聞こえたけれども、あれは克久が生返事をしたためだろうか。

マルちゃんは祥子に懐《なつ》いた。机を叩いているマルちゃんだが、そうでない時は「祥子先輩、祥子先輩」とくっついて歩いていた。

「祥子先輩じゃなくて、しょうちゃんでいいって言ってるじゃない」

「でも、祥子先輩だから」

二人はそんな会話をしていた。

また、校長先生がハミングしながら、うれしそうに廊下を通り過ぎた。何かいいことがあったのだろうか？　克久は自分がぼんやり廊下を眺めていたのは、棚に上げて、

「大人ってのはさっぱりわからない」と、通り過ぎる校長を見ていた。

「奥田先輩」

「奥田でいいよ。先輩はいらない。野球部じゃないんだから」

マルちゃんに奥田先輩と言われると、祥子じゃなくても、少しだけ背中がむずむずした。

「じゃ、奥田さん」

祥子には何度もしょうちゃんでいいと言われても、祥子先輩と言っているのに、克久だとあっさり、奥田さんになるのはどうしてだろう。こいつと、克久も思わないでもなかったが、まんまる顔のマルちゃんでは文句も言えなかった。

「先刻《さっき》、なんか、すごく、きれいな女の人が来ました」

田中さんかと言おうとして、克久は口をつぐんだ。田中さんなら、マルちゃんも知

っているはずだった。絶対にきれいな女の人なんて言わない。

「背の高い人だった？」

「僕よりはね」

「マルちゃんより低かったら……」

マルちゃんはティンパニを叩く時には、踏み台が必要だった。

「マルちゃんより低かったら……」

「僕より低かったら、何ですか」

マルちゃんはスティックで机をとんとんとんと叩いて、丸い目をくりくりさせた。

「僕より何倍も背が高くて、髪の毛が長い人でした」

「きれいな人って言うのは、藤尾さんか」

マルちゃんより何倍も背の高いということはないにしても、藤尾はすらりとしていた。その藤尾が私服で学校へ顔を出していたのだが、なんだか、どきりとするほど大人っぽくなった。顔を出したのは、藤尾ばかりではなかった。有木も川島も一緒だった。有木はとうとう、高校のブラバンをやめてしまったと言う。

「まだ三カ月もたってないじゃないですか」

「だって、真剣にやらなきゃ、つまんねェもの。音楽は楽しくなんて言われても、困るし」

「そういうのベンちゃん後遺症って言うの」

藤尾が珍しく横合いから口をはさんだ。

マルちゃんは女好きだということになったのは、この日、彼が「きれいな人」の藤尾さんをすっかり気に入ったからだ。「パーカスはきれいな人ばかり」と言って、祥子に「お前、それ、本気で言ってるの？」と冷やかされた。卒業生が現れて、ベンちゃんも御機嫌がなおり、克久は百合子の福岡行き宣言はすっかり忘れた。

忘れたまま日は過ぎ、驚いたのは、期末試験が明日で終わるという日の晩だった。

「休めないと言ったら、休めないんだ」

克久は思わず語気を荒くした。が、百合子の方も、それなりに強硬だった。計画は全部、出来上がっていた。まず福岡の伯父さんのところに寄る。それから、唐津、有田を回って店の商品の買い付けをする。その日程全部を克久に付き合えと言うのだった。

克久は反射的に声を荒くしていた。それでなくとも、試験期間のあいだ、短い朝練と昼休みの基礎練習でなんとか水準を維持してきていて、明日、最後の技術家庭のテストが終わったら、さっそくパート練習に入る予定になっていた。パート練習、セクション練習をしてみたら、まるきり響き合わないということだって予想された。試験の後というのは「さあ、やるぞ」というメンバーと「やれやれ、ほっと一息」というメンバーの音の響きが違うということがよくあった。

それに、ようやく今年の音が、どんな音なのか克久の耳にも響き始めた。藤尾さんが抜けてマルちゃんが入ったせいか、今年のパーカスは去年より軽い。軽くてうわついた音になるか、軽やかな音になるかの瀬戸際《せとぎわ》だった。

「休めるわけないじゃないか」

百合子が何を考えているのかということは克久の頭になかった。頭の中に詰まっているのは明日からのブラスバンドの練習の見通しだ。これまでも、百合子が自分の店に置く商品を買い付けに行くというのはあったことだ。日本中日帰り出来るようになったと言えば大げさだが、無理をすればそれも可能かもしれないと思えるほど交通が整ってきたので、百合子も地方の窯元《かまもと》を訪ねての買い付けは、一泊か二泊で済ませて来た。その時は、留守番にベビーシッターの八木さんが来る。いつも、そうしているのに、今回に限って、なぜ克久を連れて行く気になったのかという疑問は克久の頭には湧《わ》かなかった。てんから「ばか言ってるんじゃない」という気持ちだった。

さすがに百合子はお母さんだから、「ばか言ってるんじゃない」とは言わなかったけれども、頭ごなしという点で克久の態度は、そう突っぱねたのも同じだった。

「あんた、その年でまだベビーシッターさんのお世話になるつもり」

百合子もそれなりに強硬な決心で言い出したのである。突っぱねられたからと言って、引っ込むつもりはさらさらなかった。

「八木のおばさんに来てもらえばいい」

ことさらにはっきりと発音されたベビーシッターという単語が苦かったが、克久は無視した。

「来年は受験なのよ」

思わず「それがどうした」と売り言葉に買い言葉が出そうになったが、克久はその言葉だけは飲み込んだ。飲み込んでみると、腹の中の「それがどうした」という表現が、身体《からだ》じゅうに染《し》み渡った。ベビーシッターに面倒を見てもらう年齢かという問いの方はともかくとして、「来年は受験だ」ということと夏休み早々に福岡へ出掛けるという計画が、どうしたらつながるのかさっぱり解《わか》らなかった。解っていたら、夏休みなどではなくて、「受験が終わってからではいけないの？」という譲歩案が出せたはずだ。突っぱねる気分を口には出さずに飲み込んだから、我慢したという負担の感覚がうわっと広がった。だいたい親から受験のことを言われるのはあまり良い気分ではないのだ。もともと、そんな気持ちが地にあるので、急に関係のないことを言い出されたような感じがあった。

「受験勉強はちゃんとするよ」

「そんなこと、言ってないでしょ」

この時、百合子の顔はすごかった。

克久でも「な、な、なんだァ」とちょっと引くくらいだった。

実際、百合子は受験勉強のことなんか、これっぽっちも言ってはいなかった。

来年の夏、受験準備と吹奏楽の練習が重なれば、旅行に行く暇なんか無いだろうということが言いたかったのだ。もちろん旅行に行くのならば、コンクールを控えた夏よりも春先のほうが時間はとりやすい。それでも、百合子には、この夏を過ぎたら、子どもらしい克久を連れて歩くことはできそうにない予感があった。

克久は、このところ目立って、背が伸びていた。声もかすれぎみで、どうかすると、この変声期特有の声が、周囲の世界を拒絶するかのように響いた。克久の同級生の中には百合子の目から見ても、そろそろ髭剃《ひげそ》りが必要だと思える子もいる。

克久は十四歳にもうすぐなる。

春を待っていたら、子どもらしい克久の面影はすっかり消え失《う》せているかもしれない。

「地区大会は今年もシードなんでしょ。だったら、夏休みの初めに少しぐらい時間をとってもいいじゃない」

「そういう問題じゃないだろ！」

今度は克久がプッツンする番だった。コンクールで上にあがれるとかあがれないという勝敗の問題ではない。そんな時期に仮に百合子について福岡に行っても愉快な顔はできるわけがない。

今夜の百合子はどこか子供っぽい。克久が声をあらげたら、むくれた顔をして、横を向いてしまった。そう言えば、先刻の「ベビーシッター」という発音も、ことさら、挑発的だった。母親にたしなめられたというより、克久の周囲にいる女の子たちが、嫌みを言う時の口調にそっくりだった。

「シードだから、俺が練習にいなくていいって、それ、イヤミを言ってるんデスカァ！」

克久はけんかごしに出た。デスカァとことさらに高く語尾を上げた。いつもと、いや、これまでの百合子と、何かが違うと感じても、それが何であるか確かめるすべを彼は、まだ持っていなかった。

話題を変えて、それとなく百合子の心情に探りを入れるなんて、高級な手段はちっとも思いつかない。どんな品物を仕入れるつもりかとか、どこの土地を回るつもりかとか、不器用でも質問を一つ二つ、出せれば話し合いの余地はあったのである。ところが、彼はイヤミかと言ったが、これは質問になっていない。

受験勉強うんぬんと言われた時、「それがどうした」という言葉を飲み込んだとたんに拒絶反応の毒素が彼の全身に回ってしまい、彼の五感をしびれさせた。上級生たちが、受験勉強について親から文句を言われることを、年中、ぼやいていたから、彼の中に固定観念ができあがっていたという不幸もある。

受験勉強という単語だけで反応してしまうのだ。相手が実際のところ何を言うつもりなのかは、無関係だ。鉦《かね》をたたけばチンと鳴るという反応と変わりがない。

今回に限って、どうして百合子が克久を同行させたがっているのか考えてもみなかった。「イヤミを言ってるんデスカァ」とけんかごしに出たあとで、克久は食卓の上にテレビのリモコンがあるのに目がいった。

けんかをふっかけておいて、相手を忘れてしまうというのも妙なものだが、克久はテレビのリモコンを見たとたんに、百合子が何を要求していたのか、つい、忘れてしまった。話の流れがそこですっぽ抜けたのだ。

黒いリモコンに克久の手が伸びた。スイッチを押す。ぱしっという音がして、テレビの画面が明るくなった。真っ白いシーツが青空の下に干されていた。気持ちの良い風が吹き抜け、シーツの向こうで、克久がこの頃、ちょっといいナァと言っている若い女優さんがおいしそうにミネラルウォーターを飲んでいた。ごくごくとのどが鳴る音まで聞こえそうだ。

テレビがまたぱしっという音を放った。画面は再び真っ黒になった。

百合子が甲高い声で言った。

「なんで、こんな時にテレビなんか見るのよ」

なんでと言われても、克久にはなんでだか解らない。彼自身、あまりにも何気なくリモコンのスイッチを入れたものだから、自分の動作に自覚がない。テレビをつけたのは、お前じゃないかと詰め寄られれば、違うとは言えないけれども、あくまで「なんとなく、つけてしまった」だけで「なんで」と聞かれても困る。それに、百合子が甲高い声を出した時、克久は「ああ、ミネラルウォーターが飲みたい」なんて、まるきり、あさっての方向のことを考えたものだ。

「あ、いやだ、いやだ。もう、いや、みんなうわの空なんだから」

きょとんとした克久の前で百合子がじれったがった。「あ、これはなんだかヒサンなことになっちゃったんだ」と克久が思った通り、その晩、百合子は怒り出して、小言がしばらく止まらなくなった。最初は小言でも何でもなくて、福岡へ行こうという提案だったのは百合子の頭からもすっぽ抜けてしまったのだ。

とんでもない一夜だった。

ムソルグスキーの交響詩に「はげ山の一夜」というのがあるけれども、昨晩はまさにそんな感じの夜だった。ワルプルギスの夜である。バケモノたちが踊り狂った夜だ。おまけに、まだ、試験は終わっていない。今日一日を残していた。克久の目には朝日がまぶしい。正門へと向かって歩く生徒たちの白い夏服の列を眺めているだけでも、克久の頭はずきずきした。

百合子がどうしてあんなに感情的になったのか、克久にはどうしても、いま一つ飲み込めなかった。彼が十四歳にもうすぐなる少年でなくて、十五歳になっていたら、あるいは十七歳で、青年としての骨格が整っていたらワルプルギスの夜の中に荒れ狂ったバケモノのうちに、百合子の女としての感情を見つけだしただろう。あるいは百合子の生身の人としての哀《かな》しみが、そこに踊っていることに気付けたかもしれない。

気付いて慰撫《いぶ》できたか、それとも、気付くことによって、かえって軽蔑《けいべつ》を抱え込むのかは予想がつかなかった。

ともかく、克久の年齢では自分が一人前になったことを誇るのが精一杯だ。親と対等であろうとする。対等であろうとして背伸びをしていると言われるのを嫌がる。けれども、親だって、十四年も過ぎれば、いいかげん、子どもの保護者でいるのが嫌になってくる。気持ちのおもりをするのも面倒になってくる。子どもなんか抱えていない独身者の気分に戻りたくなってくる。そういう身軽になりたいという気持ちと、子どもが小さくて、かわいかった頃がなつかしい気持ちは少しも衝突しない。そこのところが克久にどうしても解らない。百合子だって、それをわかれと言っているわけではない。口を開けば、小さかった頃からの習慣で、小言を言っているみたいな口調になった。

克久には百合子の小言が小言に聞こえない。なんだか八つ当たりをされているみたいだ。それだけは妙によく解った。あるいは、仮に克久が百合子の心情をよく理解したとしても、息子という立場では、やや手にあまる感情が百合子の怒りの中には含まれていたかもしれない。親子というものは面倒臭いものだ。もっとも、百合子もそう思っていることを知ったら、克久はびっくりだろう。

それにしても、何が原因であんなに怒ったのだろう。克久は首をひねった。

「わけわかんない」

彼は福岡行きの話を忘れていた。なんだかもう済んだ話のようにも感じていたからだ。

「なんだ、朝から鈴木女史のまねか」

大きなチューバケースを持った町屋が後から追いついた。

「お前、そんな物、家に持って帰っているのか」

「しっ」

町屋は唇に人差し指をあてた。

「学校の備品を持ち帰っているのがバレたらまずいじゃないか」

そんなことを言っても、こんなにでかいケースを持ち歩いたら、誰が見ても楽器を持っていると解ってしまう。川島工務店の資材置場を練習に使えなくなってからは、しばらく楽器を持ち出すこともなかった町屋だが、陽気が良くなった頃から、近くの河川敷に、練習場所を発見した。試験の間、そこで練習していたのだ。

「赤ペンさんのマネなんかして、どうしようって言うんだ」

「赤ペンさん？」

「鈴木さんに一年生がつけたあだ名だよ。彼女、いつも予定表と赤ペンを持ち歩いているじゃないか」

「へえ、鈴木さんにあだ名つけるなんて、一年生はいい度胸しているなア」

練習の予定表を管理して、少しでも予定が狂うと「わけわかんない」と口癖が出る部長の鈴木には今まであだ名がなかった。真面目《まじめ》すぎて、あだ名がつけにくいのだ。そう言えば克久のことも、この頃は一年生たちがカッチンと呼んでいる。祥子もすっかり、克久のことをカッチンと呼ぶようになった。

「何がわけわからないんだ？」

「うん。ゆうべはなぜワルプルギスの夜が出現してしまったかが謎《なぞ》なんだ」

克久は町屋に昨夜の騒ぎをかいつまんで話した。

「それで、夏休みには福岡に行くの？」

「えっ」

克久はてっきり小言の最中にテレビを見たのがいけなかったのだと思い込んでいたから、そう聞かれたのが意外だった。

「行かないよ。そんなの。今年は普門館に行くんだもの」

「でも、今の話じゃ、なんだか、福岡に行くか行かないか結論は出てないじゃん」

「そんなこと言っても、僕、行かないよ」

「そう決めたことになってないみたいだよ。だから、わけわかんないんだ」

「そうかな」

「そうだよ。お前一人で普門館に行くわけじゃないんだからサ。ちゃんと連れて行ってやるよ。福岡に二、三日、行ったって、俺がついているから大丈夫」

「それじゃ、福岡へ付き合えと言ってるみたいじゃないか」

「そうじゃないけど。俺がいれば大丈夫なんだ」

祥子が隣りのクラスの盗難事件のことを聞き込んで来たのは、学期末試験が終わった翌日のことだ。

「カッチン、知らなかったでしょ」

「その盗難事件というやつと、相田が殴られたのは関係があるの？」

「それがさァ、なんかあるような、ないような。なにしろ、情報の出どころがうちのオバさんだからねェ。あること、ないことがごちゃごちゃに混じっちゃってるんだ」

祥子によると相田が直接に盗難事件にかかわったということはないのは確かだそうだ。

克久は相田が殴られた話を耳にしたのは、いつ頃だったか、考えてみた。六月頃だったか、五月頃だったたか。たぶん、そのくらいだ。

「柴田先生が生徒にナメられてるんだ。チョーカッタルイからね。柴田先生の英語って。二言目《ふたことめ》には、まあ、どうでもいいけどって言うんだからサ。どうでもよかったら、教えなければいいじゃん」

柴田先生のクラスでは五月の連休過ぎから生徒の所持品が消えるという事件が時々起こったらしい。この犯人探しがきっかけで、クラスの生徒たちが担任を信用しなくなった。犯人は見つからないまま、とうとう先生のポケットから五千円札が消えるという事件が起きたのは、この試験期間中だった。それでなくても、クラスの統制がとれない時にむき出しの札を、上着のポケットに入れておくほうが、どうかしていると祥子は言う。犯人というか、誰がやったのかは解らないままだ。盗難よりも、学級そのものが、ガタガタになっているほうが大問題になりかけていた。

相田が殴られたのは、クラスの中に、担任を無視するグループができ始めた時分だ。こっちも、誰が相田守を袋叩《ふくろだた》きにしたのか解らないままだ。いや、クラス全員に解っているけれども言わないのかもしれない。

「アズモは誰がやったか、知ってると言ってたもん」

「それは、アズモが実際に見たとか、そういうことなの？」

「そうじゃないでしょ。夕方、暗くなってからボコボコにされたんだから」

相田守が五、六人の生徒に殴られたのも、柴田先生が生徒の信頼を失いつつあるのも、現金が盗まれるのが繰り返されるのも、全《すべ》て他のクラスの生徒には伏せられていた。ただ、そういう考えで思い返してみると、学年主任が、学校へは金銭を持って来ないように繰り返し注意していた理由はそこにあったのだと納得できた。

柴田先生のクラスにはアズモのほかに何人かのブラスの生徒がいたが、誰も盗難事件のことは話したがらなかった。

トロンボーンのロングトーンが聞こえる。梓和代、つまり、アズモの音階練習の音だ。

「あんまり、かかわり合いたくないよねェ」

と言うとおり、アズモが最近、気楽な口をきかなくなったのは、クラスの話をしたくないせいかもしれなかった。柴田先生のクラスには山村正男もいた。谷崎弓子と山村正男のトランペットワイワイコンビが、最近、ギクシャクコンビに化けてしまって、パートリーダーの宗田を悩ませているのも、柴田先生のクラスの雰囲気が響いているのだろうか。

実は部長連の打ち合わせや反省会でも高音グループの出来上がりが遅れているのが問題になっていた。頭にきやすい鈴木部長と、少し冷め過ぎた宗田副部長の、どう考えてもうまくいきそうにないコンビが、熱いのと冷たいのの組み合わせでまとまっているのも、いちばん目立つ高音グループの練習の遅れという頭痛の種があったからだ。それがなかったら、この二人は犬猿の仲になりかねないのだから、何が幸いするか、世の中、解らない。部長連のもう一つの問題は、間抜けなパーカスグループだった。なんだか、今一つ間が抜けているのだが、原因は誰にも解らない。パートリーダーが、のんびりしているせいだとは、当人の瀬野も気付いていなかった。瀬野良子は眼鏡をかけた顔からは想像できないくらいのんきな性分で、相変わらず練習に不熱心な小泉さんの面倒を気長にみていた。

各パートのあらが見えてきたというのは、曲が完成し始めているということだった。祥子との雑談を切り上げた克久は「シバの女王ベルキス」とマーチの「ラ・マルシュ」のパート譜を見比べてみた。どちらも、もう書き込みでいっぱいになり始めていた。今年もまた部員の人数は五十人ぎりぎりだった。

マルちゃんがメトロノームを相手に机を叩いていた。森勉は職員会議中だ。でも、きっと耳は学校じゅうに分かれて練習をしている部員たちの音を聞いている。

「カッチンさん、四時からセクション練習でしょ」

マルちゃんに言われて、克久は「そうだな」とマレットを手にとった。練習の前に雑談をするなんて珍しかったのだ。相田守が誰に殴られたか解らないなんてわけはないと、克久は思った。解ってはいるけれど、言えないのだと思って間違いない。新しいクラスの中を支配しようとして失敗したのだ。威圧の力になっていた彼の陰気さが、彼自身の上にのしかかっている。

克久はそんなことを考えながら、ティンパニを叩いた。身体《からだ》にしみ込んだリズムが、ざらついた嫌な気分を追い出してくれた。マレットは勝手にうたい出す。

第七章　うさぎの裃《かみしも》

「福岡の伯父さん」と言ったら、すぐに「博多《はかた》の伯父さん」と訂正された。伯父さんは百合子の兄さんだと言うけれど、顔はあまり似ていない。伯父さんと言うのはヘンなものだと克久は思う。親だと子ども扱いされるのは腹が立つのに、伯父さんだと、照れ臭いだけで腹は立たない。大きな笑い声をたてる博多の伯父さんの性格のせいかもしれないけれど、伯父さんという間柄も、たぶん影響している。

飛行機の中で百合子に「やっぱり来て良かったでしょ」と言われた時は、俺がいない三日間は花の木中学吹奏楽部はティンパニ抜きになるんだぞと不機嫌だった。

空港についてみると、空気が変わったせいか、克久の不機嫌も少しだけ直った。真夏の福岡の陽がまぶしい。伯父さんはワッハハと笑う。笑いながら、しきりに「山笠《やまがさ》の時に来ればよかったとに」と残念がった。

結局、来てしまったのだ。最後の最後まで一泊にするか二泊にするかで、克久と百合子はもめた。克久としてはなるだけ一泊にしてほしかった。さもなければ、せめて吹奏楽のコンクールの県大会が終わったあと、お盆休みの頃にしてほしいと、粘ったのだが、お盆にはお父さんのほうのお祖父《じい》さんとお祖母《ばあ》さんの家に行かなければならないという百合子の主張に負けたのである。

福岡の、いや違った、博多の伯父さんの家に百合子ともども泊まって、克久だけは一足先に飛行機で東京に戻るという約束になった。どうしても一泊にしたいという克久に百合子は羽田からの道が夜になっては心配だという理由で、二泊を主張した。確かに克久としても、夜の電車に幾つも乗り継ぐのや、暗くなってから誰もいない家に入るのは不安であった。羽田までベビーシッターの八木さんに迎えに来てもらうという案は、克久がそれには及ばないと「却下」の一言《ひとこと》で片付けた。

「やあ、カツボウ、大きゅうなったな。ワハハハ。お父さんも一緒だとよかったとに。今から名古屋に電話ばかけて、こっちに呼ぶか。ワハハハ。親子で夏休みの旅行なんて、カツボウの年くらいの頃が最後やけんなあ。ワハハハ」

博多の伯父さんはワハハおじさんである。大きくなったと口では言うが、ちっとも大きくなったとは感じていないらしい。その証拠に克久の頭に手を伸ばして、小さい子にするみたいにいい子いい子と頭を撫《な》ぜた。克久は伯父さんより少しだけ背が高かった。

克久の胸の中で臆病《おくびょう》なうさぎが裃《かみしも》を着てかしこまっていた。山笠に来ればいいのにと残念がりながら、太鼓をたたいてるなら小倉の祇園《ぎおん》太鼓を見に連れて行ってやると言う。袢を着たうさぎは、ははっと頭を下げた。

ワハハおじさんは、漫画の「サザエさん」の波平さんのお兄さんに似ている。波平さんのお兄さんは波平さんにそっくりだから、つまりは波平さんに似ていた。けれども、頭にはちゃあんと白髪混じりの髪がはえそろっていた。本人は若白髪だと言う。顔が丸いところがよく似ているのである。

博多に到着した翌日、克久はワハハおじさんに連れられて、電車で小倉に行った。博多から小倉まで特急に乗ると、けっこう乗りでがあるのだが、車内で克久は伯父さんから、二度も頭を撫ぜられた。その日、百合子は唐津《からつ》方面に出掛けていたので、車内では克久と伯父さんの二人である。伯父さんは克久をカツボウ、カツボウと呼んで、よく知っている人間のように扱うが、克久にしてみると、よく知らない人と電車に揺られているのと同じである。胸のうさぎは昨日から、一度も袢を脱いでいない。「ワハハハ」と笑う伯父さんに頭を撫ぜられる時も、やっぱり袢をつけて、かしこまっていた。

夏の九州は明るかった。博多から小倉に行く途中の山も黒々としていた。コンビナートの複雑な形をした工場や赤茶けた屋根も圧倒的な光をまともに受けていた。

ワハハおじさんが、

「カツボウも太鼓叩《たた》いとるって」

と言うから、

「ティンパニを叩いてます」

と神妙に答えた。

「あの大鍋《おおなべ》に皮を張ったやつか」

ワハハハと伯父さんは笑いながら「太鼓ならまだ男らしくてよか。どうも男の子が椅子《いす》に座ったままちんどん屋みたいなラッパだの笛だのをぶかぶかやるのは好かん」と言った。ティンパニはもとをただせば、鍋形の胴に皮を張ったものだから、伯父さんの観察もまんざら外れていない。ぶかぶかと言うのだけは、克久にはいただけなかった。そんな、ふがいない音を出してはいないと言いたかったが、うさぎは、ひたすら、はっはァとかしこまりっぱなしだった。

「小倉の祇園太鼓も、若いのが大勢、来て、太鼓を叩いてるんだそうだ。ありゃ、最近ばい、あげん集まって来るようになったとは。ばってん、お祭りって言うのとは違うような気がすると」

これからその祇園太鼓に案内しようというのに、伯父さんはそんなことを言った。

山笠の話が出るぞと思っていたら、やっぱり出た。山笠のほうがいいには違いないが、お祭り好きな伯父さんとしては祇園太鼓も一度、見ておきたかったらしい。電車の中は祭りに出掛ける人で込み合っていた。

赤い鼻緒の下駄をはき、ゆかたを着た女の子が、ごましお頭のおじいさんに手を引かれて、陽盛りの道を行く。後ろ姿は人込みから抜け出して、ほっとした様子だった。克久も、あまり人込みの中には出つけないので、二人の後ろ姿を見送った時、なんとなく、ほっとした。伯父さんは、首だけでも、長く伸ばして、先の方を見たいという顔できょろきょろしていた。

お城の方に行くんだと言われたけれども、そのお城の方になかなか進めない。進めないのに、うっかりすると人の流れに押し流されて、伯父さんとはぐれてしまいそうになる。こんなところで、伯父さんとはぐれては、「ワハハハ」ではすまない。おじいさんと手をつないだ女の子が路地に消える後ろ姿を見送った克久は、伯父さんとはぐれかけているのに気づいて、少しあわてた。

小倉城にようやく近付いた。

堀に豊かに水がたたえられていた。

石垣が夏の光を受けている。大勢の人が大手門へと渡って行く、その人の流れに乗り、克久たちも城内へと入った。すでに太鼓の音は、かなり遠くから耳にしていた。

「どげんも、こげんもなか。とてつものう混雑しとるばい」

伯父さんは汗をふきふき、そう、つぶやいた。どどん、ちゃんちき、と軽やかな太鼓やジャンガラの音である。音の方へ興味をひかれている克久を、伯父さんは引き止めて、「お参りをしなければ」と城内の神社で手を合わせた。この時、克久は少々、のぼせ気味だった。人の数と暑さのせいだ。あっちこっちに白いパラソルが開いている。男物の夏帽子も見えた。

それから、据え太鼓の競演会が開かれている大手門広場に出た。出たには出たが、人の頭、頭、頭、その向こうもまた頭で、頭の間に白いパラソルと夏帽子が並んでいた。音は聞こえるけれども、舞台は背伸びをしても、見えるかどうかというほど遠かった。

人込みの中を、克久はじりじりと前に出た。どどん、どどどんという太鼓の音に呼ばれるように、人と人の間をくぐり抜けた。この時、伯父さんとは完全にはぐれていたが、まだ二人とも、それとは気づいていなかった。

人間の林の間をくぐってみると、紅白の綱を張った仮設の舞台が目の前にあった。意外なほど簡単に克久は最前列にまで出てしまったのである。

仮設舞台では女性ばかりのグループが、そろいの法被《はっぴ》の背に「禮《れい》」の文字を白く染め出して、太鼓を披露していた。小さくまとめた髪には、豆絞りの鉢巻きをきりりと結んでいた。この頃、伯父さんは克久の姿が見えないのに気づいた。

女性だけのグループのあとに登場したグループには、年の頃なら小学校に入ったばかりかという小さな男の子もいた。一人前に、大人と同じ法被を着て、白足袋を履いていた。手には小さくて金色に輝くシンバルを持って、構えていた。シンバルにはきっと何か名前があるのだろうと思ったが、克久はその名前を知らない。男の子は太鼓が打ち出されると、得意気に、そして、うれしそうに、身体《からだ》全体をリズムにゆだねて、両手のシンバルをすり寄せて打ち鳴らした。その得意気な様子が、どこか、しょうちゃんに似ていた。小さなしょうちゃんである。

競演会というのは、つまりコンペティションなんだと、克久が納得するまでそう時間はかからなかった。仮設舞台の真下にたたずんで、趣向をこらした参加グループを眺めていると、伯父さんと一緒だったことはすっかり忘れてしまった。

かっと目もくらむ陽射《ひざ》しに照らされた頭の中へ、太鼓のずしりとした響きが直接に染《し》み込み、心臓のあたりで響いて、身体全体を揺さぶった。

黒く染めた股引《ももひ》きに黒い腹掛けのそろいの一団は、とりわけ弾んだ音で、歯切れのい演奏をした。音の粒の一つ、一つがとがっていた。とがっていて、真っすぐに真昼の光の中に飛んでいく。

高い台に据えられた太鼓を両面から打つ、その交替の素早さも群を抜いていた。黒ずくめの一団のリーダーは、髪を茶色に染め、耳に三つもピアスを埋め込んだ青年らしい。彼の呼吸が、掛け声が、様々に乱れながら絡《から》むリズムを、前へ前へと引っ張っていた。

短く刈り込んだ髪を茶髪にしているものだから、その頭は栗《くり》のいがか茶色い針ねずみみたいだ。茶色い針ねずみの動きは、俊敏な一団の中でも、さらに俊敏であったし、彼の撥《ばち》のさばきも軽く、腹にずしりとくる重みがあった。茶色い針ねずみの導く方角へ、金色のジャンガラが踊る。克久は彼らと一緒に呼吸していた。克久の前では、もっと小さな男の子が身体をゆすりながら見物していた。

リズムが踊る。リズムが踊ると人も踊る。踊るリズムが弾む。弾むと金色のジャンガラたちも一緒に弾む。ばねのきいた太鼓とジャンガラの二つのリズムが互いに絡み合い、応答する。絡んだリズムは、再び、一つに束ねられる。

最後に「はっ」と小気味よい掛け声が出た瞬間、克久も大きく息を夏の光の中に吐き出した。撥の動きがぴったりと止まった時、茶色の針ねずみは、会心の笑みを浮かべて、仲間と目を見交わしたのを、克久は見逃さなかった。

「カツボウが消えた時は、往生してしもうて、うろたえたばい」

百合子に伯父さんが、その時のあわてぶりを喋《しゃべ》っていた。克久が太鼓の競演会の最前列で夢中になっている間、伯父さんは人込みの中を右往左往しなければならなかった。太鼓どころではない。迷子のカツボウを捜し出さなければならない。

克久としては、迷子になったつもりはなかったが、ここは伯父さんの家なので、ひたすら迷子として恐縮していた。伯父さんはそんなに祭りが好きなら、来年はぜひ山笠の時に来いと、例のワハハ笑いをした。伯父さんが博多弁で喋るものだから、百合子もイントネーションがすっかり博多のそれになっている。イントネーションが博多のそれになると、百合子の表情も娘時代の屈託のない顔になった。伯父さんと喋っている百合子を見ていると、克久は自分が生まれる前の光景を見ているような気がして妙だった。なんのことはない。克久をだしにして、百合子は伯父さんと喋りたかったのかもしれない。

伯父さんの家の茶の間で喋っているのは、克久のお母さんと伯父さんではなくて、兄と妹だった。克久はそっと二階に上がった。二階の座敷には、伯母さんが用意してくれた布団《ふとん》が二つ、仲良く並んでいた。布団にはぱりぱりにのりの効いたシーツがかけられていた。

ぱりぱりにのりの効いたシーツが珍しかった。布団の中にもぐり込んでみると、のりの効いたシーツは、お祭りの山車《だし》を引く人々のゆかたを思い出させた。

太鼓打つ音

海山越えて

子どもたちが声をそろえて歌っていた。その声がまぶたを閉じた耳の底から沸き上がってきた。昼のほこりっぽさも騒がしさもきれいに消えて、声をそろえた子どもの歌だけが、鮮明に響いた。

あ、やっさ、やれやれやれ

ひとフレーズ、歌い終わるたびに、その掛け声が繰り返される。山車を引くのは幼い子もずいぶん交じっていて、同じように掛け声を掛けていた。

笹《ささ》の提灯《ちょうちん》 太鼓にゆれて

夜は火の海 小倉の祇園

あ、やっさ、やれやれやれ

歌声は克久の夢の中に広がった。その晩、階下では百合子と伯父さんはずいぶん遅くまで話し込んでいた。百合子が足音をしのばせて階段を上ってきた時には、克久はすっかり白川夜船だったのだが、夢の中に広がった子どもの歌声がまだ消えていなかった。

小倉名物　太鼓の祇園
　太鼓打ち出せ　元気だせ
あ、やっさ、やれやれやれやれ

克久がいちばん気に入ったフレーズは歌い出しの「太鼓打つ音　海山越えて」というのびやかなくだりだったが、二番目に気に入ったのは、この「太鼓打ち出せ　元気だせ」であった。一人で飛行機に乗って、東京へ戻る途中でも、袢を着たうさぎが、この歌を歌いながら、克久の胸の中を通り過ぎていった。

「まったく、ばらばらじゃないか。音になってない以前だ」

ベンちゃんの声が怒りを含んでいた。

「ここのところ、もう一度、吹いてみて」

「はい」

返事をしたのは山村正男と谷崎弓子だった。二人がトランペットを吹き出す。何小節も進まないうちに、ベンちゃんの指揮棒は、譜面台をとんとんと叩き、音を止めた。

「ダメ。バラバラ。もうちょっと合わせて、練習しておいて。仕方ないから、先へ進む」

マレットを構え直した克久の胸の中に、突然、袢を着たうさぎが現れ、「太鼓打つ音　海山越えて」とのどかに歌い出した。克久は、「あ、ダメ。なんでこんな時に出てくるんだ」とうさぎを止めにかかったが、もう遅かった。

「オクダァ」

奥田じゃなくて、オクダァと引っ張って言われる時は、ベンちゃんはかなり頭にきていると思っていい。

「オクダァ。なに、ぼんやりしてるんだ」

どうも、変なときにうさぎがひょこ出てくるので困ったものだが、この場合は「はい」という返事をするしかなかった。ベンちゃんの声に臆《おく》したのは、克久よりマルちゃんのほうだ。空気がぴりぴりしていた。

また、うさぎが袢を着て通る。今度は「太鼓打ち出せ　元気だせ」なんて歌っていた。いったい、どうなっているんだろうと、克久は自分のことながら、不思議でならなかった。

克久がいなかったのは、たった三日間である。それなのに、三日の間に克久が変わってしまったのか、ブラバンのメンバーが変わったのか、よく解《わか》らなかったが、なんだか、すき間ができた。うさぎがそのすき間にひょっこりと顔を出すのだ。

相変わらずぎくしゃくしているのは山村正男と谷崎弓子のトランペットだった。コントラバスを担当している佐藤美和が、「まあ、ゆっくりやろうよ」と、どうしても合わない二人をなぐさめていた。

「え、ベルキスって、美人の名前だったんですか。知らなかった」

マルちゃんが大きな声で言った。

「知らなかったじゃないよ。プリントを配られたのを読んでなかったの」

「だって、山みたいにまとめて渡されたって読む気がしないじゃないですか」

情けなさそうにマルちゃんが言うので、みんなが笑った。

「マルちゃん、女好きなんだからサ、ダメだよ。夜明けのベルキスの踊りってところは、美人のシバの女王が目を覚ますところなんだから、ちゃあんとそのつもりでやらなきゃ」

祥子がマルちゃんをからかうように言った。二年生、三年生は二月頃から自由曲についての参考資料のプリントを、自分たちで作って配布しているので、少しずつ読んでいるのだが、一年生のマルちゃんはその分をまとめて渡されていた。

場所は例によって花の木公園のバス停だ。夏の長い日も暮れてから、だいぶになる。学校の方を見れば、校舎の三階の音楽室は、まだ明かりがついていた。たぶん部長連はまだもめているに違いなかった。その日のベンちゃんの不機嫌では、個人練習とパート練習、それにセクション練習の組み合わせを、かなり組み替えなければ、どうにもしようがない。練習の配分を変えるとなれば、各パートのリーダーから不満が出るのは当然で、部長連の会議の半分は、パートリーダーたちの不満を聞くことに費やされた。部長の鈴木が黙って不満を聞くタイプではなかったから、会議はますます長引いた。

部長連のメンバー以外は早く帰宅するかというとそうでもない。いつものように花の木公園のバス停で喋っている。たいてい、音楽室の明かりが消える頃まで喋っているし、時にはそこへ部長連が合流してしまうこともあった。夜風が気持ちの良い季節で、お喋りにはうってつけだ。

ベンちゃんが何を言っているのかは、部員たちにも理解できていた。だから、余計に、お喋りでもしないと、アズモやミンミンが言うように「ドン臭い」感じが抜けないのかもしれない。それに、この場合、一年生のマルちゃんの屈託のなさは、息抜きにはちょうどよかった。

ソロモンの栄華を祝福に訪れたシバの女王を、エルサレムで迎えた戦士たちの踊り。深い眠りから覚めて夜明けを迎えた喜びの踊りを踊るシバの女王。バレエ組曲ではフィナーレになるソロモンとシバの盟約成立を祝う大団円の饗宴《きょうえん》の踊り。その三つの場面にふさわしい音がまだできてない。そういう音ができるはずだと思えばこそ、花の木公園のバス停の面々は不安になる。

翌日の朝朗らかな明るいファンファーレが、学校中に鳴り響いた。体育館で練習をしていたバスケット部の部員さえ、手を止めて、おや、いったい何だろうと首を傾《かし》げるくらい高らかな音だった。

ベルアップしたトランペット、二台のファンファーレだった。

山村正男と谷崎弓子は、トランペットのマウスピースから唇を離すと、ほっとため息をついた。ファンファーレなら、幾らでも息が合うのに、「シバの女王ベルキス」になるとどうしてもちぐはぐだった。今朝から、いやと言うほど同じ場所を、繰り返し練習しているのだが、やればやるほどちぐはぐになっていくような気がした。気がするだけでなく、実際、ちぐはぐなのである。トランペットのファーストを取っているのは副部長の宗田で、彼も根気よく、山村正男と谷崎弓子の練習に付き合っていた。

鉄筋四階建ての校舎の最上階。二棟ある校舎のうちの普通教室が並んだ棟の廊下のいちばん奥がトランペットの居場所と定まっている。音楽室がある特別教室が並ぶ棟は中庭を挟んで向かい側で、音楽室からはパーカスのパート練習の音が聞こえていたし、足の下の三階では、トロンボーンのグループが集まっていた。

ファンファーレが鳴り響くと、夏休みの間、ほぼ毎日、植物に水をやりに来ている理科の小田先生がまぶしそうに四階の窓を見上げた。

ベンちゃんの口癖は「音になってない」だが、このまま、午後のセクション練習に突入すると、トランペットは昨日のばらばらな音のまま、少しも進歩していないということになる。あまりの進歩のなさに嫌気がさし始めていた山村と谷崎のワイワイコンビだった。

「ああ、これなら合うんだけどなァ」

山村正男がトランペットを指でくるりと回してみせた。谷崎弓子もトランペットをくるりと回してから、ぱっと構えた。朝から二人の練習に付き合っていた宗田はどこかへ消えてしまったのである。

「音をださなけりゃ、あたしもかっこいいんだけどな」

さすがの谷崎弓子もため息まじりだった。

昼が近かった。

二月頃から、各々《おのおの》のパート譜をフレーズごとに区切って練習を重ねてきた曲である。パートごとの仕上がりはそろそろ完璧《かんぺき》になっているはずだった。何もないところから、譜面に記された音を切り出す仕事は、まるで石工の仕事のようだ。切り出した音を組み合わせながら、ぴったりと合えば曲の全貌《ぜんぼう》が現れるはずだ。そのはずなのに、ことしは一人一人が切り出した音が猛烈な個性を主張していた。

今年は一人一人が作り出した音が、猛烈な個性を主張していると、気づいていたのは、森勉だけだろう。その傾向は昨年のうちからあった。今の二年生、つまり克久たちの学年は、一年生のうちから、お互い、相手には簡単に譲らない強さを持っていた。ただ、彼らが一年生のうちは上級生たちが作り出す音の調和の中に、一年生の個性の強い音は埋もれてしまっていたのである。我が強い音と言ってもいい。自分自身の性格をはっきり主張した音と言ってもいい。どの学年にも、そういう、しっかりと主張のある音を出す生徒が一人や二人いるものだが、こんなに、そろいもそろって頑固者が集まっている学年は珍しかった。そのうえ、二年生は数のうえでも勝っている。

部長連の会議が長引くわけだ。

我の強い音をそれぞれが出してくるのは、間違いなく良いことだった。たとえ、それが部長連の頭痛の種になったにしろ、自分を主張している音は、いつかは磨きあげられ、まとまりがついてくる。はたからわいわいと言っても、少しもまとまりはつかない。メンバーの中にまとめようという気持ちが生まれない限り、どんな助言も無意味だった。部長連の会議が長引いても、森勉が何も言わないのは、そういうわけだ。これで、けっこう森先生は他の先生や、親からも文句は言われているのだが、そのことについても彼は何一つ口にしなかった。喋《しゃべ》るのは音楽のことだけだ。

「自分たちを特別だと思ってはなぜ、いけないの。現実に特別じゃない。他のクラブはこんなに練習していないし、あたしたちは他と違う特別な目標があるんだから、特別だと思ってもいいじゃない」

赤ペンさんの鈴木部長が、例によって、赤ペンをタクトのように振り回しながら、激烈な口調で言ったのは、昨日の練習が終わってからだった。

「あれ、きっと、誰かに何か言われたのかもしれない。失礼なことを言うやつがいるから」

コントラバスの佐藤美和は、なんだか彼女自身の声まで最近は低くなってきた。ブラバンは特別だと思っているだろうというようなことは、年中、言われることだ。副部長の宗田などは、口に出しこそしないが、特別なブラバンの中でも俺はさらに特別だと思っているから、そういうことを言われても別に動じる気配もない。克久も同じようなことを言われたことがある。他と違って特別だと思うのは思い上がりだとか、傲慢《ごうまん》だとか言われてもなんとなく釈然としない。同じことを言われても、人それぞれの感じ方だった。

鈴木伸子、つまり赤ペンさんはついこの間まで自分は他人《ひと》とは違うと思ったり、感じたりするのは、悪いことだと固く信じていた。彼女くらい、誰よりも正しいことが好きという性格も他には見当たらないのだが、それでもそう信じていたのである。

「なぜ特別だと思ってはいけないの。特別なんだから、あたしたちはトクベツよ」

練習のあとの反省会で、彼女がこう言い放ったとき、彼女自身にとっては、おそるべき百八十度の発想の大転換をやってのけたということになる。自分は他人と違うと思うのは、彼女の中で、悪から善へと突然、変貌したのだ。少し極端過ぎる。その極端過ぎるところを、声の低い佐藤美和が、「誰かに文句を言われると、落ち着いていられないとこは、ぜんぜん変わってないんだから」というつぶやきでバランスを取り直していた。最初からトクベツと思っている宗田にしてみると、鈴木伸子がなぜ、そんなに熱くなるのか、まったく理解できなくて、ぽかんとした。

朝の五時頃から、カーテンを通して陽の光が部屋の中に入り込んでくる季節である。

寝ていた克久の頭上にも、陽の光が射《さ》し込んだ。まだ半分は寝ている克久の頭の中で、昨日の「あたしたちはトクベツよ」と言った鈴木部長の声がリフレインしている。リフレインする声の周囲を、街を行く自動車の音や、早々と鳴き出したセミの声が包んでいく。

あと一時間もしたら、克久はいつものように起き出さなければならない。赤ペンさんの声の上に、柴田先生の「自分を特別だなんて思うなよ」という声が重なった。英語の柴田先生の口癖は「どうでもいいけど」だが、時折、ひどく冷たい調子で「自分を特別だなんて思うなよ」と言うことがあった。柴田先生のクラスは荒れていた。二学期になるともっと荒れるような気がする。柴田先生の人間としての気弱さが生徒たちに見透かされているのだ。「スペシャル」という祥子の声が聞こえた。祥子は時々「スペシャルな自分になる」と笑うことがあった。あんまり意味が良く解らない。そこが良かった。

六時になったら、顔を洗って着替えをすます。七時に音出し、七時半には個人練習が始まる。いつものように起きれば、そういう予定で時間は流れていくはずだった。柴田先生、祥子、鈴木部長、それらの人の声の間から、裃《かみしも》を着たうさぎがひょっこり顔を出した。ごていねいに白足袋まではいている。かしこまって頭を下げると、あの歌を歌い出した。あ、やっさ、やれやれやれやれ。その歌は克久を深い眠りの中にもう一度、引き込んでいく。

袢を着たうさぎはまじめくさった顔で歌っていた。

太鼓打つ音
海山越えて
里の子どもも
浮かれ出す
あ、やっさ、やれやれやれやれ

うさぎの歌う歌の声はいくつもの重なり合う響きになり、克久の身体《からだ》に溶けていった。甘くうまい眠りだった。遠くの方で、百合子が「六時十五分よ」と言う声がする。

うさぎが「太鼓打つ音　海山越えて」と歌うと、寝床の中でのびている克久自身が広い大海原にもなれば、みどり滴《したた》る山にもなった心地がする。練習に行きたくないなァと、身体が固くなるような感じが、こんな心地よさに溶けてしまうと、意志の力ではあらがい難いものがあった。

「今日は練習に行かなくていいの」

また百合子の声がした。それがどうしたというのだろう。うさぎは朗らかに歌っていた。克久の身体は波の寄せる海であり、樹々《ぎぎ》のざわめく山であった。

「もう七時よ」

百合子が顔を出す。七時、音出し。そうだった。それがどうしたどころではない。

「なんで、もっと早く起こしてくれなかったんだ？」

克久がそう言ったとき、うさぎは首を縮めて恐縮した。こりゃこりゃどうも、失礼しましたというふうに退散した。

「もっと早くに起こしていたのに。起きなかったのは、あんたじゃない」

百合子に言われなくたって、そんなことは克久自身が百も承知していた。ただ、今の時間を聞いて、いよいよ練習に行きたくなくなったのだ。もし、ワープできたって、七時の音出しには、絶対に間に合わない。一日、練習に行きそびれてしまうのは、こんな時だった。練習に行きそびれてしまうと、今度は他の部員についていけなくなる。博多の伯父さんのところに行っていた三日間でさえ、総練習の時には妙な透き間を感じたくらいだから、一度さぼったら、そのままメンバーの中に入れなくなってしまう。

「行きたくないなら、行かなくてもいいのよ。無理に行けと言ってるんじゃないんだから」

余計なことを言うお母さんだなと、克久は不機嫌になった。それでなくても、このところ、ベンちゃんに、やたら「オクダァ」と語尾を引っ張った呼び方をされている んだから、そんなことを言われたら、ほんとうに休んじゃうじゃないかと腹を立てる ヘソ曲がりの克久だった。

くらくらする。

ようやく家の中からはい出したという感じだった。家からはい出しても、もちろん 七時の音出しには間に合わない。トロンボーンもフルートもクラリネットも、トラン ペットも、それぞれにプーとかパァーとか音を出し始めているのだろうなと、克久は まぶしさに目を細めながら、ため息をついた。

そういう息を直接に吹き込む楽器だけではなく、マリンバやスネア、コントラバス なども同じ時間に練習を始める。音出しの時間は、いちばん野放図で自由奔放で、に ぎやかだった。

ものの影が濃い。

白い半袖《はんそで》のYシャツに結んだネクタイを、克久はほどいて、ポケットに突っ込んだ。 そして、その手をポケットに入れたまま、だいぶ陽が高くなった道をあまり急ぎもし ないで歩いた。急いでも、急がなくても、学校に到着する時間はあまり変わりがなさそうだった。

どうして、あんなにのんきなうさぎが棲《す》みついてしまったのだろう。博多のワハハおじさんに会ってからだ。ベンちゃんにかなり強い口調でものを言われても、袢を着たうさぎは平気で歌を歌っている。時には、わざとかしこまって平身低頭していたりする。克久自身でさえ、理解しがたいうさぎの朗らかさで、うさぎが平身低頭すると、胸のうさぎの飼い主である克久も、ちゃあんと謝るのだが、謝っているという感じがしなかった。

謝る時のあの身体じゅうがびくびくと震えるような恥ずかしさがちっともなかった。屈服させられるとか、屈辱感を味わうとか、そんなことがないから謝るという気がしない。

これって、ヘン？

マジで、こんなんでいいのかしらと思う。

ガソリンスタンドから、車が一台、路上に出ようとしている。グレイとグリーンの作業服を着た店員が、路上に出る車を誘導する。ガソリンスタンドの店員にしては少々太りぎみの彼が、帽子をとって、出て行った車を見送った。

「あれ、川島先輩」

「おう。おはよう」

グレイとグリーンのコンビネーションの作業服をはちきれそうにして着ていたのは、ことし卒業したチューバの川島だった。

「アルバイトですか」

「そう、アルバイト。俺、ガソリンスタンド好きなんだ」

ガソリンスタンドが好きと言われても、返事に困る。

「前からやってみたかったからね。生まれて初めてかっこいいと思った職業は、ガソリンスタンドの店員とさ、高速の料金所のおじさんなんだ」

にこにこした顔をすると、川島は中学の時と変わりがないが、着ているものがガソリンスタンドの制服なので、五つか六つぐらい年上に見えた。

「これってサァ、ブラバンに似てるよ」

「どこがァ」

克久はナンデ！　ナンデ！　という具合いに思わず聞きつのってしまった。

「整えて、磨いて、送り出す。ま、君にはちょっとムズイかな」

ムズイと言われても、それはだれが聞いてもムズイのではないでしょうかと、克久は言わなかったけれども、笑いながらあきれていた。川島は本気でガソリンスタンドの店員は、ブラバンに似ていると思っている。

「それにサ、コンビニより制服がかっこいいしね」

そりゃ、そうだ。克久もコンビニの制服よりガソリンスタンドの制服の方がカッコイイと思う。コンビニの制服とガソリンスタンドの制服のどちらがブラバンに似ているかという比較をもしするとしたら、やっぱりガソリンスタンドの制服だ。みなさん、仲良くやりましょうがコンビニなら、締まっていきましょうがガソリンスタンドの制服だから。どっちが命がかかっているかと言えば、ガソリンスタンドの方だ。コンビニだって食中毒とか、そういう心配がないわけではないが、火を吹くガソリンを扱うのに比べたら、なんとなく情けない。しかし、そんなヘンな比較をするのは、川島くらいではないか。

夏休みのあいだ、ガソリンスタンドでバイトをすると言う。それでも、地区大会の前や県大会の前はバイトを休んで、練習を見に行くつもりだと、川島が克久に話していた時、銀色の自転車が路地から大通りへ出て来た。アスファルトから立ち上る熱気の中を自転車が走る。細い自転車は、かげろうのように頼りない。

「相田じゃないか」

自転車の少年の顔を見た克久は、思わず口に出して、そう言った。それほど相田守は表情が変化していて、以前から陰気臭いところは、ますます陰気臭くなり、陰気臭さを隠していた冷たさは消えていた。そのまま夏の熱気に溶けて消えても不思議のない相田守の姿だ。

「相田ってだれ？」

「いや、いいんです。同級生だから」

アスファルトの上を滑って行く自転車の後ろ姿を見送りながら、川島が言った。

「なんだか、幽霊みたいなやつだ」

真昼の幽霊。ほんとうにそんな感じだ。

「元気をなにかに吸い取られたみたい」

川島の言う感想に克久もこっくりとうなずいた。

「オクダァ」

またベンちゃんが克久を呼ぶ声の語尾がのびている。「ラ・マルシュ」のマーチが祥子の軽快なスネアに引っ張られて、のびのびと広がりかけたところで、森勉の指揮棒がぴたりと止まった。

「お前さあ、いきなり決断するなよ。まわりの音を聞け。お前が一人で、決断するんじゃないんだ。全部の音の中で、決断を告げるんだ。ワッカルカァ」

ワカンネェヨォ。克久のうさぎがそう言っていた。マ、ワカッテイタラ、イワレナクテモ、ソウシテルケドネ。かなり態度のでかいうさぎである。

「いいね、自分勝手に決断しちゃうんじゃなくて」

「全体のために」

「そうそう」

春先から克久が広田先生をまねて、「決断力」と言っていたので、森勉にまでその単語が伝染していた。

「マルちゃんは息を吸って」

「はい」

マルちゃんが息を吸い込むと、コントラバスの佐藤まで息を吸うまねをした。

「ラ・マルシュ」の総譜《スコア》に打たれた番号を、いつものように森勉がまじめくさった声で告げて、また曲が滑り出す。祥子のスネアがこの面倒なマーチを引っ張っていった。

「オクダァ、じゃなかった」

ナンダ、俺ジャナイノカ。今度は、うさぎも克久も同じようにそう思って、ちょっとだけ、にやりとした。

「トランペットだ。トランペット、トランペット」

山村正男も谷崎弓子も、もう言われる前に、森勉が何を言おうとしているのか、解《わか》っていて、やれやれという顔をした。指揮棒をとんとんと打ちつけ、「ここんとこはサ、こんなふうに歌って」とメロディーを歌い出す森勉を、二人は「そうやりたいと思ってはいるんですけど」という表情で見つめていた。解ってはいるけれども、解っている通りにならないもどかしさは、山村正男も谷崎弓子も森勉も同じだった。

「じゃあ、もう、いい。最初からいこう、頭から」

指揮棒が振り下ろされる。祥子のスネアにまた一段と気合いが入った。祥子のそういうところはすごい。祥子の刻むリズムに周囲の音が集まっていく。ところがまたストップがかかった。森勉が指揮棒で譜面台を叩《たた》いている。これも祥子のスネア以上に気合いが入っていた。今度はだれにクレームがつくのだろう。

フルートかクラリネットか。それとも、少し前から音がいらつき出したオーボエか。

部員たちが息をのんで、森勉の言葉を待っていた。

譜面台をとんとんと叩く指揮棒の音が止《や》む。最初に森勉の口から出たのは言葉ではなかった。

「アアアア」

と言うため息ともうめき声ともうなり声ともつかない音だった。指揮棒を譜面台の上に放り出した手は、そのまま森勉の頭へ直行した。それでなくても短いぼさぼさの髪なのに、両手で髪をかきむしったので、四方八方へ飛び出して針ねずみだ。

客観的に見ればかなりおかしい。

克久の胸のうさぎじゃなくても、五十人の生徒の中には、そう思う生徒もいた。それでも、だれ一人として、くすりとも笑わない。みな真剣である。それはそれでまたおかしさがあった。

「じゃあねェ」

と、ここで森勉は深い吐息をついた。それから総譜《スコア》を最初のページまで、めくり直した。部員のだれもが見たことがないほど、静かな顔を森勉がしたのは、ほんの一瞬だった。

「あたまから、通して、今日はそれで終わり」

毎日、毎日、練習をしていれば、こういう日もあるのだ。それにしても、しょうちゃんはすごいと克久は思う。何度、同じ場所を繰り返し演奏しても、気が緩むということがない。むしろ、繰り返すたびに、生き生きとした魅力がリズムの中に宿ってきた。

もともと「ラ・マルシュ」はマーチとして骨格がつかまえにくい曲だ。チョー、チョームズイのである。

「なんだ、こりゃ!」

無邪気な克久なら、「なんだ、こりゃ!」とは言わないまでも、何か大きな声を出してびっくりしていたかもしれない。あるいは、反対に、ただ、ぽかんとして、立ち尽くしていたかもしれない。

自分の家の居間の入り口で、彼は本能的に息をひそめた。息を殺してから、そっと三歩ばかり後ずさりをした。足音を立てないように玄関を出るまでは、ほんの二、三分だっただろう。

金曜日の夕刻で、名古屋から父の久夫が家に戻っていた。玄関に脱いであった靴から、「あ、帰っているナ」と克久にも解った。

意気消沈した克久である。だから、彼が家に戻ったのを、久夫も百合子も気づかなかった。「それにしても、見たくないよな。親のキスシーンなんて」と玄関を再び出た克久は吐息をついた。

気配を殺して玄関を出たはいいけれども、それで、どこへ行くというあてもないのである。

「なんだ、こりゃ」

今度は口の中で小さくつぶやいてみた。そうすると、居間のテーブル越しに唇を合わせた二人の姿が頭に浮かんだ。「こりゃ、いけない」と思った。ずっと前にテレビで時代劇を見ていたら、やっぱり、そんなシーンに御家老様だったか、殿様だったか、白髪の老人が踏み込んでしまう場面があった。その時、白髪のチョンマゲを頭に乗せた老人は、「おっほん」とおもむろな、せき払いをした。

「おっほん」とせき払いをするならばいい。けれども、子供じみた声で「ただいまァ」と家に入り直すのはイヤだった。せき払いなら、別に声がうわずってしまうということはなさそうだが、「ただいまァ」だと、そうはいかない。

うまく言えても、わざとらしく子どもっぽい声を出すみたいで、イヤだ。たぶん、うまく言えるということはなくて、ヘタをすれば声がひっくり返ったり、裏返ったりしそうだった。それでなくとも、克久は最近、自分の声が、しばしば、コントロールを外れて暴走するのに驚いていた。変声期というものだと説明はされていても、驚いたり、慌《あわ》てたりするのは変わりがない。

いずれにしても、せき払いの「おっほん」と「ただいまァ」では威力が違う。老人の、それも白いチョンマゲの「おっほん」には、その場であったことを、なかったことにする魔法の力が備えられている。

久夫と百合子は、ここのところ、克久の知らないところで、ぎくしゃくしていた。久夫が名古屋に単身赴任して一年半ぐらいになる。百合子の「お父さんに恋人がいたら、どうする」という爆弾発言もあった。どこをどうしたら、テーブル越しの濃厚なキスシーンになるのか、さっぱり合点がいかない。

アナタノ知ラナイ世界。

克久の頭の中に、エコーがかかった重々しい声がした。そりゃ、怪談だろうと克久はあきれる。彼にとって、この出来事は怪談のたぐいに近かった。夏だから怪談がふさわしいには違いないが、この怪談は背筋がぞっとするよりは、なんだか、なまめかしかった。親じゃなければ、驚かないんだけどと、克久は、とりあえず歩きだした。

日暮れで、コウモリがたくさん飛び交っていた。マンションの外壁のそばは、羽虫が多いから、コウモリはそれを狙《ねら》って集まってくる。闇《やみ》にまぎれて飛ぶコウモリに気付く人は少ないけれども、目をこらせば、かなりの数が忙しげに飛んでいた。

第八章　シバの女王

マンションの一階にある広場で、克久はしばらく、飛び交うコウモリを眺めていた。闇《やみ》にまぎれるコウモリだが、凝視すると、骨と骨の間に張り巡らされた薄い皮が、夕闇をたたく様子が見えてくる。その間にも、闇は濃さを増していく。コウモリの羽根が空気をひと打ちする度に、微量の闇が辺りに広がった。

涼しい夏の夕暮れだ。

今日は夕立ちもない。克久の家の周囲にある集合住宅やマンションは、どこの家も明かりをつけ始めていた。夕食はカレーという家があるらしい。夕食はハンバーグという家もあるようだ。夕食は焼き魚という家もある。それぞれの家の食卓の様子が、換気扇を通じてコウモリがえさを取るのに忙しい広場にも伝わってきた。

腹がすいていた。

腹が減っているのも忘れるぐらい、あわてていたのが、ようやく、収まってきた。

しかし、今の場合、空腹はあまり問題ではなかった。何かを食べなければ、困ってしまうというほどの切迫ではない。

克久は、その辺を一回りして来ようかと考えた。花の木公園の中を一周すると一時間ぐらいの時間がかかる。たぶん、その一時間のうちに、彼の帰りが遅いことに百合子が気づくはずだ。それで、ブラバンのメンバーの家に電話をかける。祥子の家かもしれない。百合子は町屋のお母さんとは仲が良さそうだが、彼の家は留守が多いから、そういう時、練習が終わったかどうかを確かめるのは、たいてい祥子の家だ。同じパートだと、練習時間が同じなので確かめやすい。もし、祥子の家が留守であれば、祥子と仲の良い谷崎弓子の家か、男の子同士だという理由で、山村正男の家に電話がいくのが、いつものことだ。

そんなふうにして、百合子がかけた電話で練習はもう終わっていることが解《わか》ると、いったい克久はどこへ消えてしまったのだろうということになる。克久の予想では、花の木公園を一回りして、家へ帰れば、練習は終わっているのに帰宅していないという騒ぎが起きる寸前ぐらいになるという感じだった。

花の木公園に向かってぶらぶらと歩き出した。制服のポケットに手を入れる。指先がかさかさした紙に触った。引っ張り出してみると四つに折り畳んだメモ用紙だった。ポケットに入りっぱなしになった田中さんの携帯電話の番号だった。田中さんの字で「ケータイ」と書かれていた。

高校生になれば、たいていケータイを持っている。昔の高校生、つまり、百合子や久夫が高校生だった頃は腕時計や万年筆が高校生の持ち物として値打ちものだったように、今時の高校生はケータイを持ち歩いていた。万年筆は過去の遺物めいているし、時計はケータイで兼用できた。けれども、中学生でケータイを持っている子は少ない。持っていたとしても、子ども同士で連絡を取り合う道具ではなくて、親が子どもを捕まえるための道具だ。

メモを渡してくれたくらいだから、克久が田中さんに電話をして悪いということはないだろう。花の木公園を意味もなく歩くより、田中さんに一寸《ちょっと》だけ会う方がいいような気がした。けれども、ケータイなんかに自分が電話をしていいのかしらと、克久は少しだけ迷った。田中さんと家の人が連絡を取り合うための回路へ、自分がちん入するというか、無断侵入するような不正にかかわるように感じた。

克久はコンビニの前で、制服のポケットに入れっ放しになっていたメモをもう一度見た。

みどり色の電話の受話器を握る。田中さんのケータイの番号をプッシュする。呼んでいる。普通の電話の呼び出し音より、はるかに遠い場所を呼んでいるような音だ。

このまま、ずっと田中さんを呼び出し続けるのではないかと思った。そのほうがいいような気もした時、ぶしゅという音で、呼び出し音が途絶えた。

「はい」

声は田中さんのようでもあり、そうでもないようだった。

「あの、あの、田中さんのお宅ですか?」

かすれた相手の声に、克久はつい、いつもの習慣で、「お宅ですか」と聞いたが、声は唐突に鮮明になった。

「あ、どなたですか」

間違いなく田中さんだった。それでひと安心はしたものの、安心してみると「俺は一体、何で電話したのだろう」と克久自身が戸惑ってしまった。

「奥田です。奥田克久です」

今度は克久の声がかすれた。ガラス越しにコンビニの店員がこちらを笑いながら見ているような気がした。

「なんだ、奥田君か」

これは学校の廊下で出会ったときと同じ声だった。

「今、何をしているのかと思って、掛けてみたんだけど」

「今、歩いているんだ」

歩いている。どこを歩いているんだろう。

「え、どこを歩いてるの」

これはうちの電話じゃなくて、ケータイなんだと克久は納得した。

「あのねェ、駅を出てサ、花の木公園に行くところの坂道があるでしょ。そこを歩いているの」

それじゃあ、もうすぐ、コンビニが見えてくるはずだ。いや、そうじゃない。コンビニの前で電話をしている克久の目の前に、数分もしないうちに田中さんが現れることになる。

「レッスンの帰りだから。奥田君は自分ンチから掛けているの？」

「いや、コンビニの前。そう、そう」

なんだ、すぐ近くじゃんと言う田中さんに克久は答えた。

「じゃ、今、そこへ行くから、待っててね」

何の用事かとも聞かないで、電話は一方的に切れた。用事がないのに困っていたから、それで良かったのだが、克久は、今行くからと言われても、それはそれで困るような気もした。

「オクダァ」

名前の語尾を引き伸ばして、怒っているときのベンちゃんみたいな声の掛けられ方をした。みどり色の電話機の受話器を置いた途端である。田中さんは克久のすぐ後ろに立っていた。

まったく、今日は何もかもが突然に起きる日だ。

「や、こんばんは」

「こんなとこで何をしていたの」

「うん、ちょっとね」

田中さんは黒いパンツにキャミソールドレスと衿《えり》なしの上着のアンサンブルという服装をしていた。女の子の格好としては珍しい格好ではないが、制服のままの克久と比べると、年が三つも四つも違うような感じだった。春先頃、克久の声がコントロールをはずれて暴走するようなことが度々、起きだしたのと時を同じくするように、田中さんはどんどん大人っぽくなった。一カ月、二カ月で年の差がぐんぐんと、開いていく。克久は同級生と喋《しゃべ》るというより、大人と喋るような緊張を覚えることもあった。

それは上級生と話すときの緊張とは別の種類の緊張だった。ガソリンスタンドでアルバイトをしている川島に、安心して頼れるような気持ちになるのとは正反対だった。自分一人がおいてけぼりになるようで、不安を含んだ緊張だ。そのせいか、ブラバンの生徒たちが面白半分に田中さんとデキてると言っていたのが、すっかり消えて、だれも何一つ言わなくなっていた。

肩のあたりを覆《おお》う薄い布の下に細いストラップが透けて見えた。田中さんのキャミソールドレスのアンサンブルは、まるで闇に飛ぶコウモリの羽のようだ。

幸いだったのは、田中さんは克久がケータイに電話をしてきた理由を、ベンちゃんに怒られたせいだと独り合点《がてん》してくれたことだった。それだって、克久にすれば、そのくらいのことで女の子じゃないのだから電話なんかしないと負けん気が起こることがないとは限らない。けれども、急に電話を掛ける気になった理由を「うちに帰ったら、親のキスシーンに出くわして面食らった」と説明しなければならないよりはマシである。

丸い肩の線の上に乗った細い紐《ひも》を目でたどっていく。すると、克久の視線は自然に田中さんの胸元にたどりつく。しかし、なんだかそれでは悪いような気がして、顔を上げると彼女の茶色のひとみが克久を遠慮なく眺めているのに出会って、バツが悪い。

何と言っても、制服と私服では、制服は負ける。同じ私服であったとしても、同い年の男の子と女の子では、女の子に男の子は負ける。克久にしてみれば二重に負けたわけだ。

さなぎが蝶《ちょう》になるという言い方がある。女の子はみんな、そんなふうに、ある時、突然華やかな蝶になるという人がいるけれども、みんな同じタイプとは限らない。克久の想像力では、祥子などはどうしても蝶になるとは考えられない。仮にさなぎになったとしても出てくるのは、甲虫《かぶとむし》みたいな妙に力強い昆虫かもしれない。祥子には力がある。リキがある。谷崎弓子はさなぎから何になるのだろう。

「アイスクリーム、食べない」

コンビニの前のベンチに座って、ベンちゃんの悪口を喋っていた田中さんがそう言った。先刻《さっき》から話題はベンちゃんがいかに強烈な個性の持ち主かというのと、「ベルキス」の難しさ、マーチとの切り替えが面倒なことに集中していた。田中さんは、克久がまだ制服のままでいることに気を使ってくれたのだ。制服の中学生がコンビニで買い物をしてはまずい。私服の中学生がアイスクリームをコンビニで買うのは変わったことでもなければ、珍しいことでもなかった。

二人はコンビニのベンチで甘く冷たいアイスクリームをなめた。ほんとうに甘くて冷たかった。舌の感覚がいつもより鮮明だった。

すきっ腹にアイスクリームは、克久にひそやかな酩酊《めいてい》をもたらした。これは結構、効くのである。

ベンちゃんの悪口はいくら言っても終わらなかった。ほかの先生の悪口と違うところは言えば言うほど楽しくなるのである。悪いところまで愛すべきところに思えてくる。

ほんとうにイヤな先生の話は、ベンちゃんの悪口みたいには楽しめない。話すうちに気が滅入《めい》って、やる気もなくなれば、気力もあせていく。話すうちに、話している当人の方が傷ついてしまうのである。ところがベンちゃんは違う。ベンちゃんが、いかにクレイジーであるかを話しているうちに、そのクレイジーなパワーが伝染してくる。

それは生身の人間だから、年中、文句をつけられれば、うんざりもする。悪口を言うと、そのうんざりした気分が吐き出せて、すかっとしたところで、「ま、いっか」という微苦笑が湧《わ》いてくる。

ベンちゃんにくさされてケータイへ電話を掛けてきたという田中さんの解釈は早合点だし誤解だが、その日、克久は何度も「オクダァ」とクレームをつけられたのは、事実だ。克久はベンちゃんの針ねずみ頭のまねをした。ああっと唸《うな》りながら頭をかきむしると田中さんが笑った。田中さんが笑うと、克久もうれしい。

ケータイが一回だけ鳴り、すぐ切れた。「あれ、この曲は」と克久は田中さんが取り出したケータイを眺めた。着信のメロディーは、昨年コンクールで演奏した「くじゃく」だった。シルバーの小さな機械の中に、やめたくないブラバンをやめさせられそうになった頃、校庭を眺めていた茶色の目の田中さんが隠れていた。

田中さんがボタンを押すと、シルバーのケータイが蛍みたいに光った。

「ワンギリなんだ」

彼女はそう言った。

「ワンギリって、何」

「着メロを一回だけ鳴らして、あとで電話をくれって合図したり、夜中だと、まだ勉強してるよという合図にするの。ケータイの通話料って高いじゃん、だけど、こっちが電話に出なければタダだから、一回だけ鳴らして合図をするのをワンギリと言うの」

「でも、それじゃあ、だれから掛かってきたのか解らないじゃん」

「登録してある相手なら、こんなふうに解るようになってるんだ」

またケータイが蛍みたいに光った。

「着メロ、くじゃくだね」

「うん」

急に二人とも静かになった。フルートのレッスンのためにブラバンをやめた田中さんは今でも部活に戻りたいのだ。二人はかれこれ二時間近くも、コンビニの前のベンチで喋っていたことになる。もちろん、その間には、克久はどこへ行ってしまったのだろうという捜索電話が部員たちの家を駆け巡っていた。

同じ家の中におやじとおふくろがいるということが、こんなに面倒臭く感じられたことはない。と言っても、二時間の行方不明でこっぴどくしかられたとか、そういうことがあったわけではなかった。

家に戻った時こそ、百合子は「あ、帰って来た」と少しだけ険の立った声を出したが、「田中さんとばったり会ったからお喋りをしていた」と言う克久のことをしかりはしなかった。祥子の家から、「カッチン、いた？」という電話も掛かってきた。久夫は「お喋りが面白い年頃なんだよな」なんて言っていた。そのあとに「女の子との」とつけ加えようとしたらしい。克久と目が合うと、久夫はそういう冷やかしを言うのを、途中でやめてしまった。百合子も久夫も克久も、ちょっとずつだけ、ほんとうのことを言わないでいた。

なんだかテレ臭い晩飯を食べていると、谷崎弓子の家からも、町屋の家からも「カッチンは出て来た？」という電話が掛かってきた。百合子はよほどあちこちに電話をしたらしい。これじゃあ、明日、練習に出たら、俺が家出したってことになっているかもしれないと、克久はおかしかった。出て来た？　と聞かれると、克久は自分が電車の網棚か何かに置き忘れられた品物になったみたいに感じた。克久だって何も知らないわけじゃない。

ひょっとすると、百合子や久夫が想像しているより、いろいろと知っているということになるのかもしれない。男の子同士のつき合いがあるから、結構、いろんなことが耳に入ってきた。

これはちょっと新しいパート譜を渡された時の感じに似ているなと、克久は布団《ふとん》の中で思った。同じ家の中にいるのは、おやじとおふくろで、それは男と女でも、簡単には滑らかにつながっていかないのである。男の子同士のつき合いの中で喋ることと、田中さんと喋っている時のことを混同してしまうわけにはいかないように、同じ屋根の下の親のことを滑らかに男女関係へつなげてはいけないという禁止の感情が働いていた。確かに克久には新しいパート譜が手渡されたのだが、それが、どこでどんなアクセントを作り、全体のメロディーをどんなふうに、リズムで引っ張るのかは、まだ解《わか》らない。それにしても寝苦しい夜だ。

向こうの校舎からトランペットのファンファーレが聞こえてきた。すると、克久がティンパニをチューニングしている足元から、ホルンパートの、やはりファンファーレが響いた。ケータイのワンギリみたいに、そんなふうに離れたまま信号を送るのが、少しだけ流行し始めていた。克久は慎重にチューニングをする。

例によって、そう言ってよければの話だが、地区大会を過ぎると、パッセージのまとまりが目に見えて良くなり出した。一年生たちが何を求められているのか、どのような水準を要求されているのか理解できるようになった。もっとも、それが「例によって」と感じられるのはベンちゃんくらいで、部員たちはむしろ、自分たちのヘタクソさが解って少々、失望したり焦《あせ》ったりする時期でもあった。

金管楽器の響きが朝の空気を震わせた。向こうの校舎から響いたトランペットのファンファーレに答えたホルンも、いつものロングトーンの練習に戻った。ペダルティンパニはボイーンという音で正確な音程へと調整される。一週間前とは空気がまるで違う。

赤ペンを持った鈴木女史が顔を出した。

「午後から、市民ホールで練習だから」

「リストの点検、終わっています」

しょうちゃんが答えていた。トラックが来たのが昼より少し前だ。いつものように、男の部員と打楽器パートで荷物を積み込む。

千人のホール。二階席には誰もいない。でも、克久にはその無人の席が重圧に見えた。「シバの女王」の冒頭はティンパニのソロで始まる。一階席、かなり後方に広田先生がいた。少しだけ、ベンちゃんに遠慮しているらしい。前から五列目に、川島、有木も含む卒業生たちが陣取って、これがまたやけに難しい顔をしていた。そのほかの観客と言えば、各パートのコーチがあちらに一人、こちらに一人と散らばる。

森勉のタクトが振り下ろされる瞬間を待っていると、空の座席すべてで人が息を殺しているように感じられる。自分の繰り出す一発の音が、世界のすべてを作り出すのだという緊張が克久の身体《からだ》の奥からゆっくり染み出す。これくらい孤独な感じを実感する瞬間は他になかった。この孤独は、一人ぼっちだとか誰も相手にしてくれないという不満から感じる孤独とは正反対のものだった。五十人の、その中には克久自身さえ入っているのだが、その呼吸をただ一身に引き受けてしまった孤独をそこで彼は感じた。

誰も頼りにできないのである。最初の数小節を克久だけで引っ張って行かなければならない。その間に、観客の耳を引き付け、息をのませることができれば、しめたものだ。ティンパニのあとを、金管たちが幸せに引き継ぐだろう。

曲は華やかに滑り出す。祥子のスネアがリズムを刻む。

すると、ベンちゃんのタクトが急停止した。

「おい、しょうちゃん、張り切り過ぎだ」

ベンちゃんがにやりと笑った。

「おい、しょうちゃん、張り切り過ぎ。もうちょっと抑えて。いきなり前に出て来るな」

祥子の気合が入り過ぎたスネアの音が、他の楽器を押しのけるように響いたのだ。マーチの時には全体を気持ちよく運ぶスネアだが、どういうのだか「シバの女王」になるとびっくりするぐらい飛び出してしまう。音が前に出るという言い方がぴったりで、「おっと、すっとこどっこい、そこのけ、そこのけ」と叫ぶような勢いがあった。

曲は再び冒頭へ戻る。また「オクダァ」と最初の数小節でベンちゃんの怒声が飛び出しそうな、情けない始まりだったが、そこは無事に過ぎた。スネアも今度は慎重に刻んでいた。ホルンがパッ、パッ、パッとやわらかな音でリズムをとっているのが心地よかった。しかし、次の瞬間、トランペットがたけり狂うように走り出した。おっそろしい勢いで、他のパートが必死でトランペットを追いかけた。森勉のタクトが振り下ろされたまま、指揮台をとんとんと叩いた。

「こらア。トランペット。お前ら、暴走族か。暴走するな。周りの音を聞け」

ベンちゃんの「暴走族か」の一言に、山村正男と谷崎弓子が顔を見合わせて笑った。宗田も頭をかいていた。一番先に走り出したのは、実は宗田だったのだ。冷静沈着な宗田君というのは彼がトランペットを手にしていないときの性格だ。この少年がトランペットを手にした場合、興奮しやすく、高揚感にあふれた楽器の特性がそのまま彼の性格になる。トランペット、トロンボーンなど金管の高音部を担当する楽器は皆、高揚感を共有する。

この頃になると、セクション練習を重ねそれぞれのパッセージはほぼ完成していたから、たとえトランペットが走り出したとしても、どのパートもその恐ろしい勢いに追走することが可能だ。もし、森勉がストップをかけなければ、バンドはとんでもない暴走集団と化す。

「ほとんど、暴走族だぞ」

ベンちゃんの嘆きで、笑いを漏らしたのは客席に散らばったOBたちだった。もう一度、アタマからの指示で、再びティンパニが鳴り響いた。今度は先刻《さっき》みたいに情けない音ではなかった。千人収容のホール全体を、克久のティンパニの響きが、包み込んだ。

スネアがアクセントの役割をきちんと果たした。ホルンがリズムを刻み始める。パッ、パッ、パッと中音域独特の落ち着き払った音で、リズムを刻むはずだったのだが、ぱらぱらぱらという具合いに乱れて、リズムにならない。同じ部分の練習の繰り返しでホルンパートがばてたのだ。ベンちゃんのタクトが止まった。

「こりゃ、戦いの踊りって言うより、戦いそのものだなぁ」

ホルンパートが総崩れになると、いくらパッセージが完成していても、ついて行くというわけにはいかない。演奏が停止した時、客席にいた川島がつぶやいた。

「ほんと、戦いそのものだよ」

川島は感心して、隣の有木に言った。

「シバの女王を歓迎して、黒人の従者や若者が戦いの踊りを演じるという場面だから、もうちょっと余裕があってもいいような気もするけど。これはこれですごいや」

「すごいなんてもんじゃないね。なんかもう気合が入り過ぎて、ベンちゃんは止め役だよ」

「誰かが突っ走るからねェ。ベンちゃんだって、止めるのに必死じゃん」

「曲が突っ走っちゃうのはまずいけど、無理に余裕なんか見せなくていいじゃない。

戦いの踊りって言ったって、踊るやつは真剣かもしれないんだからサ」

「そうかね」

「そうだよ」

卒業生というのはのんきなものだ。なんとなく御隠居じみていると言えなくもない。

「力があるからなァ。この音でいくんだという主張みたいなものも出てきているしね」

「先生の言いなりバンドとは違うから。カッチンなんか、たいしたもんだぜ」

「マレット握り締めて、仁王立ちだもの。身体、でかくなった以上に、音にスケールが出て来たし、あいつ、全体を見てる」

「身体はおれほどじゃないけど」

ホルンパートは明らかにバテていたから十分ほど休憩が入った。

「ばらけるとやっぱ、中坊《チユーボウ》だね」

「ま、中坊は中坊だからね」

しんと張り詰めた空気がざわつく。市民ホールのステージが、学校の教室と変わりがなくなった。なんだか解らないが、克久が祥子におでこを突っつかれていた。ステージのそでに駆け寄った広田先生がベンちゃんと何か話していた。川島と有木のおしゃべりの声も自然と大きくなった。

「こいつら、入って来た時から何か違ったもんな。ベンちゃんが今年は全然違う音になると言ってたの、当たりだった」

有木は遠い昔を思い出す口調でそう言いながら、両手を頭の後で組んだ。

「態度、でかかったもん。人数が多いだけじゃないよね。この学年、生きてる態度がでかいんだ」

「それが、そのまんま、音になって」

「ベンちゃんは抑えるのに必死」

二人は顔を見合わせて、大笑いした。

練習が再開された。

ドロン、ドドドッ。ドン、ドンとティンパニが客席いっぱいに響き渡った。トランペットが堂々と中央を進むティンパニにつき従った。

「カッチン、大きくなった」

川島が有木の耳元でささやいた。

金管高音部の楽器が前に出て、華やかに「戦いの踊り」の始まりを告げる。大太鼓が響く。これは祥子が気持ち良さそうに軽やかな音を響かせた。クラリネットが歌い出す。若者が軽々とジャンプを繰り返しながら踊る様子をクラリネットが表現する。

「こうゆうところは気持ち良くいくんだけどな。問題は下に潜った時なんだ」

有木の言葉はほとんど、独り言と言ってもいいつぶやきだったが、彼自身がクラリネットの位置に座っているのと、ほぼ同じ緊張を味わっているのだ。

次が今朝から問題になっているパッセージとなる。クラリネットの軽やかさと抑制がきいた太鼓の響きが後へ下がった後を、金管と銅鑼《どら》の応酬が引き取る。この時、ベンちゃんはトランペット、トロンボーンといった金管高音部のセクションを「走るなよ、絶対に走るなァ」とにらみつけている。にらみつけながら、正確な拍子がとられている。

もっとも、この時、金管高音部が勝手に独走してしまうことは滅多にない。全員の緊張が高まり、高揚感が抑制されたままはちきれそうになったところに、アクセントとなるスネアへの指示が出される。このスネアがあまりにも興奮した響きをたてると、つられてトランペットがその躍動する気持ちを抑え切れないというふうに飛び出し、一気呵成《いっきかせい》に暴走族と化して、全体を引きずっていく。

もちろん練習ならば、指揮者のストップがかかるのだが、実際のコンクールとなると、一度走りだした曲を元に戻すということは不可能に近い。

スネアが飛び出すのは、祥子が気持ちを抑えきれないからばかりではない。ベンちゃんも、スネアへの指示が「ここだァ」と言わんばかりの興奮したものになっていることが珍しくないのだ。

克久は左のほおあたりで、祥子が楽曲の中に侵入するタイミングを感じている。高音セクションを「走るなァ、走るなァ」とまるで声をからして叫んでいるかのような表情で、にらみつけている森勉の左手がすっと静かに上がり、「さぁ、スネアさん、こちらにどうぞ」という具合におだやかに導く。目玉と眉毛《まゆげ》のほうはやはり「走るなァ、走るなァ」と叫び続けている。これを百個の真剣そのものの目玉が注視しているのだ。やがて、ホルンがリズムを刻み出した。

「あれは、びっくりした。なにしろ、マレットがぴゅんだから」

アズモがほおのそばに人差し指を添えて、いかに速い速度でマレットが飛んでいったかを再現して見せた。

「ポッポッポッポッポポって、ずっとリズムを刻み続けてやっと終わったってところかな。戦いの踊りから、スローテンポの夜明けのベルキスの踊りに移行する瞬間、さあ、気分を入れ替えなくちゃというところで、急にぴしゃだもの。最初、ほんとに槍《やり》が飛んで来たかと思っちゃったもん」

ベルのこのあたりと、ホルンをかまえる形をして、克久の手から離れたマレットが飛んでいった道筋を示した。トロンボーンの彼女の席からは、それがよく見えるのだ。

「ほんとうに槍が飛び出すような演奏したなら、すごいじゃん」

黒木麻利亜がルイジアナから帰って来ていた。夏休みの間、一週間だけの帰国だ。ほんとうに槍が飛び出す演奏と彼女は言いながら、話題になっている県大会の演奏を聴けなかったのを残念がっていた。県大会よりも帰国は二日ばかり遅かったのだ。

「それで、どうしたの。マレットが飛んでいっちゃったら、お手上げじゃない」

昨年の県大会を最後に部活をやめた田中さんが、ブラバンの仲間に加わっているのは珍しい。退部してから初めてのことかもしれない。黒木麻利亜がルイジアナから帰って来たし、県大会も終わり、関東大会まで間があるから、海へ行こうという誘いでなければ、田中さんは乗らなかったかもしれない。

「もちろん、すぐ控えのを持ったサ」

話題の中心であるはずの克久は、まだ少し面目ないという顔をしていた。もし、黒木麻利亜のお父さんが米国駐在にならなかったら間違いなくティンパニの前に立っていたのは彼女だった。そして、マレットが槍のように飛んでいくという前代未聞《みもん》の珍事の主人公は彼女だったかもしれない。

「ピシュだぞ。ピシュ」

アズモがまだ、その時の驚きを話していた。

「そう、そう、ピシュなんだ」

マレットが飛ぶのを横の位置から眺めていたユーフォニウムのミンミンも一緒になってピシュを繰り返した。

「なにしろ、どんどんどんといったら、ピシュと飛んでいって、わしらなんて、いちばん高い音まで上っていたから、ファアンって音が残っちゃった」

谷崎弓子と山村正男がその時のヘンなトランペットの音を再現して、みんなを笑わせた。

花の木中学校吹奏楽部は今年も、かなりの高得点で関東大会への進出を決めた。

「でもねェ、あんなことは、珍しいんだ。練習のときだって、一度もマレットが飛んでいったなんてことはなかったんだから。手からすっぽ抜けるなんて想像したこともない」

それまで黙っていた克久が、おもむろに口を開いた。頭上に太陽が輝いていた。

大勢の人で込み合った鎌倉の由比《ゆい》ケ浜《はま》を避けて、逗子《ずし》へと続く材木座海岸の外れだ。

八月の人出が一番多い盛りは、彼らが練習に明け暮れているうちに過ぎた。

「なんか、こう、すっと抜けちゃったんだ」

手元からマレットが抜けた瞬間を説明しようとして、克久は、その時の言うに言われない圧力のようなものをまざまざと、掌《て》の中に感じた。大きな力のようなものが目の前に湧き上がったのである。ソロモン王の栄華を伝え聞いたシバの女王が、大勢の従者を従えてエルサレムの都を訪問したときの熱気そのものが目の前で立ち上がり、克久の手からマレットをもぎ取った感じだった。その時、彼は驚かなかった。驚く暇もなく、控えのマレットを取り直すのだが、熱気に対して少しもひるむことがなかったことについて、後から驚いたくらいだ。

「木管はさァ、何があったか全然、解《わか》らないわけ。でも、ベンちゃんの顔が、急にね、唖然《あぜん》としちゃったんだ。何だろうと思った」

最前列でフルートを吹いていた小田恵子がその時のことを言った。前の方に位置したパートのクラリネットもフルートもサックスも森勉の表情のただならぬ変化で何事かを察知したのだ。けれども彼らの耳には少しの異変も響いてはいなかった。オーボエの鈴木女史などは、ひたすら目を見開いて、森勉の表情の変化の意味を悟ろうとしていた。

「あれ、練習の時なら、絶対、誰か笑い出してたよ」

「そうそう」

ミンミンの言い草に全員がうなずいた。

「まったく、昨年の靴といい、今年のマレットといい、奥田君は何と言ったらいいか」

黒木麻利亜がおかしそうに笑う。なんだか笑う時の口の開き方が、ルイジアナに行く前よりでかくなった。

「そうだ、カッチンは昨年、上履きで出たんだった」

アズモが忘れていたことを思い出して、また笑った。マレットが飛んだことは面目ないと感じている克久だが、あの時の異様な熱気に対して、ひるむことなく対峙《たいじ》した感じは悪いものではなかった。

海はもう海水浴のシーズンを終わっていた。

海に行こうというのは、最初、田中さんの携帯の番号を知っていたアズモの冗談だったのである。携帯で駅前まで呼び出された田中さんは、アズモの冗談なんかにはひっかからなかった。けれども、「電車に乗るのもいいヨ」ぐらいの気持ちはあった。ルイジアナから一人で飛行機に乗って帰って来た黒木麻利亜も、「電車ぐらいどってことない」と思っていた。この二人がいなければ、みんなでぞろぞろ電車に乗ってしまうこともなかっただろう。なりゆきで海まで来たのだ。

材木座海岸はミンミンがよく知っていた。小学生の頃は毎年、家族で泳ぎに来ていたという。そんなわけだから、一同が人の少なくなった海岸の休憩所でおしゃべりをしていることを承知している家は一軒もなかった。どこの家でも、駅前か、さもなければ花の木公園あたりで遊んでいるとタカをくっていた夏の午後だ。

この小さな集団行方不明事件はまだだれもそれが事件だとは意識していなかった。当人たちもなんとなくしゃべっている間にここまで来てしまったのである。以前はあまり笑わなかったのに、半年の間に口を横へ大きく開いて笑うくせのついた黒木麻利亜が、この不思議な時間の中心にいた。彼女はカーター元大統領の似顔絵そっくりな笑い方をするようになった。それから、真っすぐだった長い髪を、半分ぐらいの長さに切って、ちりちりしたパーマをかけていた。笑い方よりも、その髪のほうが、みんなの目を引いた。つまり、中学三年生というのは、身なりに大人っぽいお金のかけ方をすれば、もうすっかり一人前だということの具体的証明になっていた。

黒木麻利亜が部活にいた頃を知らない一年生のマルちゃんだけが、この女性を遠来の客として眺めていた。マルちゃんに言わせれば「どうしても、先輩たちとはひとつ違いに見えない」ということだった。

マルちゃんはよしずの下で気持ち良さそうに寝ていた。アズモはミンミンに二学期が始まる憂うつを話していた。結局、柴田先生のポケットから五千円札が消えたのは、だれのしわざか解らないままということになっていた。クラスがばらばらなまま、夏休みの間に「柴田先生は学校を休むことになる」といううわさが広がっていた。

「一度、ナメられたら、そう急に元には戻らないでしょ」

ミンミンがアズモにそう言う。

「チョー、カッタル」

黒木麻利亜に山村正男、谷崎弓子のトランペットコンビと小田恵子に田中さんは波打ち際《ぎわ》のほうに歩いて行く。いつもなら、これに町屋智弘が加わっているのだが、今日は二学期から通う予備校の入室試験だそうだ。

中世の築港の名残だという沖の和賀江島が、再び波間に沈もうとしている。いつの間にか祥子の姿が見えなくなっていた。

彼らは半日以上、砂浜の休憩所でおしゃべりをしていたことになる。コンビニでコーラやジュースのペットボトルと、ポテトチップやチョコを買って、お昼がわりにしたこと以外は花の木公園前のバス停でしゃべっているのと変わりがない。それでも、ずいぶん、のびのびとした時間を過ごしたことも確かだ。男の子と女の子が入り交じってたむろしているのを、はたから見たら、ちょっと、不良じみているみたいに見えたかもしれない。

「それで、祥子先輩はどこへ消えちゃったんですか？」

眠りから覚めたマルちゃんがまだ寝足りないという顔で聞いた。「チョー、カッタル」がっていたアズモとミンミンが「えっ」と顔を見合わせた。「だいぶ陽が落ちてきたからもう帰ろう」と言い出した田中さんも、「あ、いないなァ」と周囲を見回した。

「あそこ、あそこ」

黒木麻利亜が指さす方向を見れば、波の中から祥子が立ち上がり、さて、もうひと泳ぎというように、海岸線と平行に泳ぎ出した。

彼女だけ抜け目なく水着を持っていたのだ。

「だって、夏はいつも水着を着てるんだ」

ぬれ髪の祥子はそう言ってにやにやした。ぬれ髪と言っても、頭の後ろは刈り上げだからちょっと頭を左右に振れば、乾いてしまいそうだ。

「あんた、やっぱし、変わってるよ」

山村正男があきれていた。祥子はぬれた水着の上に平気で服を着た。夏はいつも水着を下着がわりに着ているなんてことはないだろうが、彼女はそう言って澄ましていた。

祥子には予感があったのかもしれない。

誘われた時に、いつもと違う呼吸があった。

当然のことながら、練習の時には絶対にないはずの、だらけた身体《からだ》があった。このだらけた具合が心地良かったのである。

小坪へ抜けるトンネルの中から、鎌倉駅行きのバスが現れた。克久にはバスが二学期を運んでくるように見えた。

彼ら十人はバスのステップを上る時も、まだ愉快におしゃべりを続けていた。

「おれ、小学校の時はずっと遅刻していた。一週間に一回ぐらいしか遅刻しない日はなかったなア。学校近いからさ、裏庭から入って行くとだれも気づかないんだ」

山村正男がそんなことを言っていた。

「一週間に三回遅刻すると、サタデースクールに行かなくちゃいけないの」

そう言う黒木麻利亜の顔を「何、それ？」と言うように、みんなが見た。

「学校休んだり、遅刻したりすると、土曜日に学校へ行かなけりゃいけないの」

バスは出発した。

「週休二日制なんだ」

祥子が感心したように言うのを、アズモが「あたしたちだって週休二日じゃん、隔週だけど」と受ける。すぐに海が見えなくなった。

「土曜日に学校に行っても、授業があるわけじゃなくて、その週に学校を休んだ子だけでプリントやったり、レポート書いたりするんだけど、それをサタデースクールって言うの」

「補習、受けなくちゃいけないんだ」

谷崎弓子が祥子とは別のところに感心する。

「じゃあ、小学生の時のおれだったら、毎週土曜日に学校へ行かなくちゃならないじゃん」

「その日も遅刻したりして」

アズモが笑った。

「あっちの学校にはブラバンはないの?」

ミンミンが聞く。

「あるけど、スゲェ! ヘタくそなの」

麻利亜はスゲェというところを男の子みたいに勢いをつけて発音した。

「スゲェ！　ヘタくそで、ブカブカ、ドンドン、パヒュー、パフパフみたいな、とんでもない音立てながら、歩き回ったり、行列したりするんだ」

「それ、マーチングバンドだろ」

「そうだけど、ヘタくそで、ヘタくそで、ぜんぜんダメなの」

「ブラバンに入らなかったの？」

「入ろうかどうか迷ったけど、バイトもしたかったし」

「バイト？」

中学生がいろんなバイトをしているという黒木麻利亜の話に、やっぱり遠い国に行ったんだと、それぞれが耳を澄ました。ハンバーガースタンドの皿洗いとかベビーシッターとか芝刈りなんていうのもあった。彼女はまだどんなバイトをしようか迷っている段階で、親からも、もう少し事情に詳しくなってからでも遅くはないと言われていた。

「でも、この次に来るときはちゃあんと自分でバイトして、飛行機代稼いで来るから。絶対来るから。来年の定演までには、飛行機代は稼げないかもしれないけど、あなたたちが卒業するときの定演には、ゼッタイに来る。親の都合なんて関係ないもの。皿洗いでも芝刈りでも何でもして、ゼッタイに、ゼッタイに来るから」

ゼッタイという言葉を繰り返し使ううちに、それは十分な決意表明の響きを帯び始めた。バスは鎌倉駅に近づいた。

「おう、ゼッタイに来いよ」

山村正男がバスの座席から身を乗り出した。

「うん。バイトして来る」

「ゼッタイだよ」

「皿洗いでも、なんでもして、お金を貯《た》める」

「そうでなくちゃ。泥棒でも、強盗でも、カツアゲでも、なんでもいいから、来るんだよ。定演に」

祥子が言うのに、みんなが大笑いをした。バスの乗客が、泥棒だの強盗だのという、物騒な言葉に驚いていたのも、おかしかった。黒木麻利亜は間違いなく、克久たちが卒業する年の定演に、ルイジアナからやって来るだろう。


二学期が来た。

でも、まだ秋は来ない。

秋は遠くの方からゆっくりとやって来る。

暑さは真夏よりも穏やかになったが、身体にじわりと染《し》み込んでくる。二学期になってからの吹奏楽部のメンバーの最大の関心と言えば、関東大会の演奏の順番だった。もし、午前中の早い時刻の順番を抽選で引き当てることができたら、全員で一泊することになる。それが楽しみだった。

関東大会は各県の持ち回りで、昨年は克久たちの住む埼玉県開催だった。だからホールは県大会と同じホールで、勝ち負けを争うだけなら慣れたホールで演奏するに越したことはない。けれども、全員で泊まりがけで出掛けるのは魅力だ。前々年度の開催県は千葉県で、これは午後の一番の演奏だったが、東京の渋滞を考えると到着時間が予想できないということで前日に出発し、一泊した。克久たちには未体験の話で、泊まりがけの関東大会を経験した三年生がうらやましい。彼らはそれだけではなしに全国大会も経験していた。

千葉県、埼玉県ときて、今年は群馬県の開催年だ。場所は前橋。午後の演奏ならば、高速道路を利用して、朝出発すれば十分に間に合う。午前中となると、そうはいかない。宿泊するかしないかは、抽選で決まる順番にかかっていた。全国大会は東京の普門館で、仮に出場できたとしても、一泊の必要はなかった。それに二学期になってからは、だれも「全国大会」とは言わない。普門館のフの字も出なかった。決して気楽な話題ではなかったからだ。「泊まれるかもしれない」というほうがわくわくする話題だった。

しかし、朝一番手の演奏とか、二番目、三番目などという極端に早い時刻を抽選で引き当てるのも困りものだ。会場の空気がまだ少し暖まりきらないのが、プレッシャーになる。はたしてベンちゃんは何番を引き当てるのだろう。

「午後の八番目を引いちゃうなんて、やっぱり、ベンちゃんは天才なんだァ」

アズモがそう言って、はかなくも消えた一泊旅行の夢を惜しむため息をついた。

午後の八番目の演奏なら、いつもの朝練習より遅い時刻に集合しても、十分、間に合う時刻だった。演奏のコンディションから考えても、朝一番なんていうより、よほど、気持ちを楽にしてできる。申し分のない順番だった。ただ、一泊旅行ができなかったのが、返す返すも残念だという気分は、関東大会後にも、少しだけ残った。

関東大会は順調に勝ち進んだ。

だれも靴の履き換えを忘れたりはしなかった。ぴかぴかの黒い靴がきれいに並んだ。

もちろん、マレットが飛んでいくということも、今度は起こらなかった。

勝つとか負けるとか、スポーツの試合のような意識が一番に出たのは関東大会であったかもしれない。何しろ、昨年、思いがけず全国大会出場を逃したので、特に三年生たちは、全国に出られて当たり前という傲慢《ごうまん》な気分がなかったかどうか、自問自答しているところがあった。それで、今年の部長連はどうしてもまじめになる。時にはクソまじめになる。場合によっては強烈なストイシズムを見せる。しかし、勝ったとなると話は別だ。まったく別の敵が見えるのである。

その敵は関東大会の行われたホールの座席で拍手をしながら、「これで十一月までは三年生の引退がなくなった」と不安に駆られている。他の部活ならば、たいていの全国大会が夏休みのうちに日程が組まれている場合が多い。いや、そうでなくとも、一部分の生徒が部活に残るだけで、ほとんどの部員は夏休みが終わるのを境に引退する。あとは受験勉強だ。ブラバンも昨年のように関東大会で全国への出場権を得られなければ三年生は引退である。二年生は部長、副部長、それに各パートのリーダーを決める協議に入るはずだった。

「ブラスのメンバーが「次は普門館だ」と思った瞬間、客席の親は、「これで十一月まで引退が延びた」と拍手をしながらも吐息をついた。十二月には私立学校の願書を出す。早々と試験のある学校すらあった。受験勉強に専念する期間はほとんどないに等しい。それでも、歴代の部員はちゃあんとどこかの学校にもぐり込んでいた。

秋がたけなわになっていく。

放課後の音楽室へ部員たちが集まる。三年生は授業が終わると下校するのに、ブラバンのメンバーはそれまでと変わりなく音楽室へ集まる。三年生の部員が「文句あるか」という顔をしているのは、全国大会が控えているからだけではない。

あらゆる雑音を気迫で跳ね返す。それが三年生で、「文句あるか」という顔は、自然と下級生にも伝わった。もっとも、アズモだけはさえない顔で現れた。柴田先生の学級のごたごたは、二学期になってエスカレートしていた。嘲笑《ちょうしょう》の気分というものが、クラス中に蔓延《まんえん》していた。アズモは絶対にクラスではブラバンの話をしない。朝練をしているとか、昼休みにも練習をしているとか、そういうことも口に出さない。とことん、「ウチらには関係ないもの」という態度で押し通した。

そして、放課後にはたいてい疲れ切った表情で音楽室に出てくる。いつものロングトーンを、トロンボーンが練習場に使っている三階の空き教室でつまらなそうに吹いていた。克久が通りかかっても、ひどく気の無さそうなアズモをよく見かけた。急に気合を入れるというわけにはいかないのだ。嘲笑が蔓延した教室の気分と、「文句あるか」というこわもての上級生がずらりとそろった部活の気分の間に開いたクレバスの底で、アズモはロングトーンを吹いている。本来、陽気な音色のはずの楽器が、なんだかちょっとだけ陰気な響きを出した。一年生の中には、二年生のアズモに面倒を見てもらいたいという不満もくすぶり出している。が、今のところ、彼女は無味乾燥な基礎練習から、少しずつ、はい上がるようにして、夕刻の総練習の時には、高らかに鳴り響くパッセージを無難にこなした。

「部活がなかったら、ウチら、学校へ行かないもん」

アズモは時々、そんなことを言った。まんざらウソとも思えない。

あっという間に、二学期の中間試験だ。さすがに試験期間の部活休止というルールだけは無視できなかった。一週間、練習を休んでいる間に、身体《からだ》で覚えた演奏を忘れないでいるのは、なかなか、難しい。朝練と昼休みの基礎練習は大目に見てもらう。

「でもサ、持ち出せる楽器としては、チューバが限界だナ」

克久は、町屋が抱えて来たチューバのケースを横目で見て言った。

「ま、ティンパニを持ち出したら、軽トラがいるからネ。初心に戻って机でも叩《たた》くんだネ」

「言われなくても、叩いてるサ。練習って感じより、身体がむずむずするから」

正門を出た克久は町屋と一緒に歩きながらそう言った。身体がむずむずすると言うのは大げさではなかった。

「ほな、さいなら」

花の木公園の入り口で町屋と別れた。彼は軽々とチューバ入りのケースを提げていた。

だれもいない家に早く帰ると、克久は自分の家なのにどこにいていいのか解らない。七時に店を閉じる百合子の帰りは、八時半から九時ごろのことが多い。閉店間際《まぎわ》にお客が入って来たりすると、それよりも遅くなることも珍しくはない。最近では、克久も九時を過ぎるとコンビニでパンを買ってきたり、ラーメンを買ってきて食べるようになった。以前は同じ買うにしても、お弁当にしろなんて言っていた百合子も、あまり、それを言わなくなった。多分、今でも買うならお野菜の入ったお弁当がいいと考えているに違いない。でも、それって気休めだと克久は思う。だれもいない家で、お弁当を食べるのはウザい。わびしいのである。パンかラーメンだとそうでもない。親子でまじめに食べるものとは思えないから、かえって一人でテレビを見ながら食べるのがちょうどいい。

テレビがくせ者だった。昨日もそうだったように、今日もだれもいない家に戻ると、身体の置き場所に迷うので、つい、テレビをつけてしまう。テレビのスイッチを入れると、そこに座れと居場所を決めてもらえるような気がした。自宅で練習できるパートのメンバーはこんなことはないだろうなと思う。みんな、それほど成績が悪くはないところをみると、普段の練習で集中力がついているだけではなしに、こういう時にまとめて勉強しているのだろうと思う。そう思いながら、あまり見たことがないワイドショーが珍しくて眺めている。祥子は久々にファミコンにはまったと言っていた。

「ファミコンか」

克久はテレビの画面でおばあさんがしゃべっているのをぼんやり眺めながら、ファミコンをやってみようかという気になる。しかし、ファミコンなんかにはまったら、あれは泥沼だからなァとも感じている。ヘタをすれば勉強どころじゃなくなるのであった。祥子みたいにパズル系のゲームを面白がるほうではなかったし、ロールプレイング系のゲームは、差し当たり、やってみたくなるような新しいゲームは持ってなかった。それでも、少しだけ、昔、遊んだゲームをやってみようかと思案していたところへ、テレビ画面でしゃべっていたおばあさんのしゃがれ声が飛び込んで来た。

いまどきの中学生は全部、化け物か、ならず者かというようなことを言っていた。この、ばあさん、とんでもないことを言うナと、克久は画面を注視した。級友から恐喝まがいのまねをして金品を脅し取っていた中学生の事件だった。番組のごちゃごちゃした効果音と交じり合った揺れる画面が、どこかの町の中学校を映し出した。花の木中学校と似たり寄ったりの鉄筋校舎で、説明を聞いていると、中学校は無法地帯の代名詞だった。

「ウチらに関係ないもん」

克久はアズモの口まねをしながら、テレビのスイッチを切った。

家の中は寂しかった。

無色になってしまった心に、輝きを取り戻そうとするように基礎練習をしているアズモの顔が浮かんだ。克久は駅前の本屋まで行ってみる気になった。時間をつぶすという考えは彼にはなくて、寂しくなってみると、なぜか頭の中に、欲しいコミックスが数冊、浮かんだのだ。目当てのコミックスを買ったら大急ぎで読み終えて、それから試験勉強をすればいいと計画した。考えながら、でも、それをやると、結局、眠くなっちゃって勉強しないんだナという予想もちらちらした。たいてい計画より予想の方が現実になる。

駅前の本屋は新しくできたばかりだ。以前からあった小さな店が二軒ともつぶれたあとへ、大型チェーン店が開店した。本のほかにCDやビデオも置いてある。

午後の本屋はがらんとしていた。壁が白いせいか、それとも、表の扉が開けっ放しのためか、なんだか寒々しいくらいだ。克久は迷わずコミックスの棚に進んだ。だれもいないと思っていたのに、コミックスの棚の奥の方で少年が一人立ち読みをしている。克久も同じように目当ての一冊を取り出した。買って帰るつもりが、その場で読み出してしまう。読み始めると、半分では止まらない。これは全部、読んでしまうナと思いながら半分までは一息にページをめくった。

漫画を読む速さだけは克久にかなわないと父の久夫があきれていたことがある。目玉の動きが違うのだ。コマ割りの形から、次にどのコマに進むべきか、瞬時に判断できた。久夫は「これでも昔は速いほうだったんだぜ」なんて言うが、たぶん、少年時代より目玉の運動神経が鈍っているのだ。それに漫画のコマ割り自体も、きっと昔より進歩しているに違いなかった。ま、漫画を読む速さが自慢にできるなら、克久もだいぶ鼻が高いのだが、あきれられることはあっても、自慢にはなりそうもなかった。

半分まで読んで、首がくたびれたから、頭を左右に振って、首筋のコリをほぐした。と、視界の端に、立ち読みをしているもう一人の少年の横顔が引っ掛かる。

「あれっ」

克久は彼が相田守だったのに、ようやく気が付いた。「あっ」とか「やっ」とか声をかけようかと思ったが、なんだか声を出しそびれた。それに相田も克久がいることに気付いていない。知らない振りをしてコミックスの後半を読み始めると、おずおずした視線が克久のほおをちくりと射《さ》した。

あ、こっちを見てると克久は感じたが、目は漫画のコマから上げなかった。最初に声をかけそびれたから、今さら気付いた振りをするのも具合が悪い。小学校のころの相手を射すくめるような強い視線ではなかったことも、克久には、何だか知らないが、こたえた。

小学校のクラスに君臨していた相田守ならこんなふうに横から相手をのぞくような遠慮がちな視線を送ってきたりはしないのである。克久が「嫌なやつに会ったな」と感じる暇さえ与えずに、「おいっ」とか何とか声をかけて威圧したに違いない。克久は「負けたんだ」とコミックスから目を離さずに、最近の相田がすっかり気弱になったことをそう考えた。クラスの中の地位争いの敗者だということを改めて感じ直したのである。

そのうち、ほおをちくりと射す視線が消えたけれども、気配で立ち去った様子がないことは解《わか》った。克久はちらりと相手の方を見た。つまらなそうに、立ち読みを続けている。まるで、そこに他の人間はだれもいないような孤独な顔をしていた。コミックスの棚が急に冗舌になったように克久は感じた。背に描かれた漫画の主人公たちが、人間よりも生き生きと、勝手に飛んだり跳ねたりした。克久は相田に声をかける気にもならなかったが、棚の前から立ち去るのも気が引けた。

読み終わった一冊を棚に戻して、次の一冊を手に取る。すると、またほおをちくりと相田の視線が射した。こっちを見ていると克久は意識する。自分が見られている間は、絶対に目を合わせないようにした。

けれども、相田がコミックスの方を見ていると、今度は克久が彼を眺める。お互い、別々の世界から相手をのぞき見ているような具合だった。こんなことを五、六度も繰り返したのである。その間にコミックスを三冊も読み終えてしまった。で、ふっと目を上げると、相手もひょいと目をこちらに向けたところで視線と視線がばったりとぶつかった。それでもやっぱり品物でも見るように相手を眺めていた。二人はそれからまたコミックスを五、六ページも読んだ。目を上げると、また視線がちょうどタイミングよく出会う。

「あっ」

「おう」

それが、もしあいさつと言えるものなら、あいさつの声は動物がのどでうなるような声だった。またまた二人は五、六ページほどコミックスを読んだ。三度目に視線が出会ったとき、克久は二歩ばかり相田の方に進んだ。相田は手にしたコミックスを棚に戻して、わざと胸を反らす。胸を反らしても、かつての威圧感は少しもわかなかった。胸を反らした相田はそのまま、ため息をついた。

相田はため息をついたあとから、小さな、ぼそりとした声で、

「がんばれよ」

と言った。克久には「が」と「ば」と「よ」しか聞き取れなかった。まして、相田守の薄い唇からそんな単語が飛び出すとは予想もしなかった。「えっ」と克久が不思議そうにまゆをひそめた。「まったく、面倒臭いナ」という表情が相田の切れ長の目のあたりにうかぶ。この時だけは、神経戦をわざとしかけてきたころの相田の負けん気がほの見えた。

「全国、行くんだろ」

面倒臭そうに投げ出されたこの一言《ひとこと》で、克久にも「が」と「ば」と「よ」が「がんばれよ」だと解った。相田守はそそくさと店から出て行った。アズモは自分のクラスのことを水藻がはえた金魚鉢みたいだと言っていた。よどんだ金魚鉢の緑色の水の中から頭をのぞかせた金魚が「がんばれよ」と言ったみたいな、変な感じだった。魚勝のカッちゃんが言う「がんばれ」とはぜんぜん違う響きだけれど、確かに「がんばれ

よ」と言っていて、皮肉や嫌みの味はひとかけらもなかった。

　空が高い。いわし雲なんかも浮かんでいた。

　克久は店から出ると、車が行き交う通りの端でしばらく空を見上げていた。空を見上げたいような気持ちになっていた。

　結局、何も買わなかったけれども、たくさん買い物をしたような気分で、表の通りから裏の道に入った。住宅街である。

　高い空だ。もし、書店で克久と相田が出会ったところを、だれか別の人間の目で見たら、巣立ちした子熊《こぐま》が秋の山道でばったり出会ったところのように見えたかもしれない。子熊というのは母熊と一緒にいるうちは、じゃれあったり遊んだりするのだが、母熊と離れて巣立ちすると、お互いのテリトリーを守るために、近づくことはなくなるそうだ。それでも時には偶然が、かつて同じ穴に育った二頭を引き合わせることがある。すると、二頭は何か遠いものを眺めるように、お互いの目を合わせるという。テリトリー争いにはならず、目を合わせてから、そっと相手を避けて遠ざかる若い熊の姿を晩秋の山で見ることができるそうだ。

　克久は裏通りを歩いた。半分、忘れかけた兄弟に出会った若い熊のような沈黙をかかえて歩いた。そして、ある家の門前でぎょっとして足を止めた。

そこにうさぎがいた。

コスモスを植えた木箱の間からこちらを丸い目でうかがっていた。ぴくりとも動かない。息さえしていない。克久はそっと一歩、うさぎに近づく。息をしていないわけが解った。作り物のうさぎだったのである。

一匹で生きることを覚えたての若熊のように裏通りを歩いて来た克久を驚かせたうさぎは陶器だが、実に良くできていた。少し離れて見れば、本物のうさぎのように背を丸めていた。午後の陽をぬくぬくと浴びているから暖かみさえあった。いつか、花の木公園で見かけたうさぎが、ここでこうして陶器に化けてしまったようだ。

・

ロールケーキかお菓子の家みたいな建物が見えた。「あれが普門館だ」と宗田に教えられて、克久はイメージ違うなと思った。円筒形の建物で、青空を背景にして壁はピンク色に見えた。五千人の観客が入る巨大なロールケーキだった。

「そやったら、これがほんまの普門館ですカ」

町屋がまた妙な関西弁を使い出した。

「腕が鳴りまっせ」

そう言って、まくりあげたそでから伸びた腕を曲げた。ほんとうに力こぶが盛り上がっていた。重たいチューバを学校に内緒で自宅へ持ち帰るうちにできた力こぶである。

「すげェ筋肉だァ」

宗田は町屋の力こぶを「いい子いい子」をするようになぜた。例によって先発組はもう会場に入っているはずだった。学校に残って楽器の積み出しをした打楽器パートと男子部員が、交差点で信号の変わるのを待っていた。

「カッチンさん、またカッチンですよ」

マルちゃんが克久の姿勢をまねた。先刻、楽器をトラックに積み込む時まで、克久は自分がカッチンと呼ばれるようになった理由を知らずにいた。カッちゃんがなまってカッチンになったと信じていた。ティンパニの前に立った時の姿勢が、まるで一本の棒のようだというので、カタまっているカッチンだというのは初耳だった。が、今朝から何度も、カッチンが本当のカッチカッチになっているとか、それじゃあカッチンでなくてコチコチのコッチンだとか言われ続けた。当人はそんなに緊張しているとは感じられない。カッチカッチだのコッチンだの言う方が、自分の気分をほぐそうとして、彼をだしに使っているのかもしれない。それでも、巨大なロールケーキみたいな建物を見て、頭ではおかしいと感じるのに、身体《からだ》から笑いが湧《わ》き出さないところを見ると、「あこがれの普門館」の前で固まっているようだ。

昨年、いや、今年の春、卒業していった三年生たちが来たくても来られなかった普門館だった。今では卒業生になった彼らも、今日は顔をそろえていた。有木と川島は後発組と一緒だ。信号待ちをしている彼らの後ろで、めちゃくちゃに冗舌になった鈴木部長の声がしていた。

こんなにおしゃべりな鈴木部長は見たことがないというほど、彼女はおしゃべりになっていた。電車の中でもしゃべりっぱなしだった。しゃべってもしゃべってもあふれ出てくる言葉を止められないという鈴木部長の相手をしているのは昨年度の打楽器のパートリーダーだった藤尾さんだ。

「ほんまに、ようしゃべりはりますナァ」

信号が変わって歩き出した時、町屋が妙な関西弁でそう言うのを、正真正銘の関西のイントネーションで話す大人たちの一団が、くすりと笑いながら追い越した。たぶん応援の保護者だ。町屋はペロッと舌を出して頭をかく。全国大会なのだ。後発組の到着時刻になると日本全国から集まって来たメンバーは大方、会場入りをしていて、通りを歩いているのは、応援の保護者が多かった。

スポーツの試合のような興奮がないのは、いつも以上の演奏をしようとする意欲が冷静さを要求するからだ。良い音を聴衆に聞かせたい。これが自分たちの音だと胸を張れる音を響き渡らせたい。だから、冷静ではあっても、高揚していないというわけではない。高揚感は身体いっぱいに静かにたたえられていた。

鈴木部長の冗舌は、一人分の高揚感から起こるのではなかった。五十人分、いや、卒業生や保護者の気分まで全部、そっくり、引き受けて、陥ったノーコントロールだった。

予兆は荷物の積み出しのときにあった。赤ペンを持って入念にリストをチェックしながら、ぶつぶつ独り言を言うのは、毎度だが、今日はぶつぶつと言いながら、浮き浮きもしていた。鈴木部長と同じくらい浮き浮きしていたのは、アズモであった。このところ、笑うということが減っていたアズモが、トロンボーン奏者らしい陽気さを突然、よみがえらせたのである。大会というと、やや騒ぎ気味になって、ワイワイコンビの異名がある山村正男と谷崎弓子の二人を驚嘆させるほど、アズモは朗らかな声で笑った。よく笑うアズモは、まるで身体の中で濃縮してあった笑いのエキスをこの時とばかりに爆発させるようだった。きっと、先発隊として普門館に到着してからも、彼女は笑いを爆発させているだろう。アズモの身体の中には、こんなにたくさんの朗らかな笑いが詰まっていたのだ。

きっと鈴木部長の冗舌も音出しが始まるころには収まるに違いない。それぞれ、一番自分にあった方法で、花の木中学の音が出せるコンディションを作っていた。

しかし、それも祥子のとんでもない一言が出るまでは の話だが。

一階席、二階席、ひょっとすると三階席まであるのかしら、と克久はステージを円形に取り囲む座席を眺めた。もちろん座席は全《すべ》て埋まっている。ただ、普通の音楽会と違うのは演奏が終わるたびに、ホールの扉が開くと立ち上がる人間と、ホールに入ってくる人間が必ずいることだ。座席は絶え間なく、入れ替わっているのである。

それ以上に、絶え間なく動いているのはステージ裏であった。一日の間に日本全国から集まった三十校以上の学校が演奏を披露するのである。演奏時刻は分単位で決められている。ステージ裏の搬入口から運び込まれた楽器が舞台上手《かみて》に整列し、下手《しもて》では演奏を終えた学校の生徒たちが楽器を手早く、取り片付けてはトラックへと積み込む。ここまで来れば、この流れ作業につまずいたり、手間取ったりする学校はまずない。地区大会や県大会の大混乱や喧騒《けんそう》がうそのように見える。

楽器の扱いに慣れた生徒が、毎日の練習で繰り返していることと同じ事をこなしているのである。だから、一見、その作業は何でもないことのように見えるが、舞台上手に楽器を運び込む生徒と、下手から楽器を運び出す生徒の気持ちには計り知れないくらいの差があった。県大会や関東大会では、結果の発表までに間があるというのに、下手から楽器を運び出す生徒の中には泣く生徒を見かけるのも珍しくない。きっと、県大会の時、克久の手からマレットが飛んでいったように、思いもつかぬ失敗や不運に見舞われたのだ。しかし、ここまで来ればさばさばとしたものだ。

時折、ブラバンの生徒たちを悩ませたあの悩み、勝敗にこだわるか、良い演奏をするかという悩みはここにはなかった。「やっぱり普門館はいいなァ」と宗田が何度も嘆息するように、ここには他校と競って優劣を争うときの妙な不安やいらだたしい神経質さはあまりなかった。要するに、自分自身というものに自信がある人間が集合したときに醸《かも》し出される余裕があった。

花の木中学校吹奏楽部は指揮者の森勉のおかげで、他校と自分たちの学校を比べたり、出し抜いたりするいらだたしさには、ほとんど触れることなくここまできたが、それでも、いつもいつも、そういう、すっきりとしたプライドを維持できてきたわけではなかった。

ベンちゃんのすごいところは、生徒たちが森勉のクレイジーさとして話す部分だが、それは決して他者と比べては生まれないような質のプライドを生徒たちの中に作り出してしまうところだった。

ベンちゃんがひたすら指揮棒を振って、音楽以外の話は一つもせずに、生徒たちの中に作り出した自信は、実にさまざまな細部で発揮された。会場に到着したばかりの山形ナンバーの大型コンテナを眺めたときの克久の気持ちなどもその表れだろう。克久自身はそれがベンちゃんが作り出したプライドだなどとはもちろん思ってはいない。克久と一緒に、こんなに大きなコンテナ車があるんだと感心していた仲間たちも、そうは感じていないけれども、夜の高速道路をひたすら走り続けて来たであろう銀色のコンテナの無事の到着を喜ぶ気持ちの中には、森勉の作ったものがちゃんと宿っていた。

コンテナそれ自体が、そのままステージにもなってしまうような車だった。側面と上部が完全に開放できる形なので、楽器の出し入れは楽で、傷つけたり、いためたりする心配もない。コントラバスが、ティンパニが、ビブラホンが、マリンバが、ずらりと並んでいた。克久たちには楽器を積み込んだときの生徒たちの気持ちがよく解《わか》った。だから、夜を通して走り続けて来たコンテナ車が、まるで昔からの知り合いのように懐《なつ》かしかったのである。

克久たちは演奏が終わるのを待って会場に入った。入ってはみたが花の木中学の先発隊がどこに陣取っているのか、簡単には解りそうもない。無理に捜し出さなくても、進行は全員の頭に入っているはずだから、リハーサルが必要な時刻になれば、この五千人の客席の中からメンバーは現れる。逆に捜そうとすると、花の木中学校と同じような制服の一団があっちにひと固まり、こっちにひと固まりと座っているのが目について、迷ってしまう。

克久はポケットに丸めてあったネクタイを引っ張り出して、客席を眺めながら、ゆっくりと締めた。ネクタイの締め方を最初に教えてもらったときのように、一つ一つの手順を正確にたどった。すると、一階席の前方に田中さんがいるのが見えた。ブラバンをやめて以来、田中さんがコンクールに来たのはこれが初めてだった。ただ、田中さんが座っている周囲には、花の木中学の生徒はいない。

二階席の最前列に百合子と久夫がいた。全体像がつかめないパート譜のような両親は、ネクタイを締め終えた克久が、見上げていることにまったく気付いた様子がない。次に彼の耳にひときわ陽気な笑い声が飛び込んできた。会場のざわめきの中でひときわ明るく響く笑い声、それは間違いなくアズモだった。

笑い声の方向に目をやると、アズモの顔より先に祥子がにやっと笑った顔が見えた。

ティンパニの音を調整する。やり慣れた作業だが、いつもより慎重になっている。

舞台のそでである。音出しを済ませたメンバーが出番を待つために集まりだしていた。

「やっぱり、ない」

祥子のひと言に、最初に答えたのはパーカッションのパートリーダーの瀬野良子だった。

「何がないの?」

いつもの祥子の顔じゃなかった。青ざめていた。

「ブラシがないんです」

克久も青ざめた祥子の横顔を見詰めた。

「もう一度、落ち着いて探してみて」

藤尾さんが抑えた声で祥子に言った。瀬野良子も祥子と一緒にスティック類を点検し始めた。ブラシは先端が刷毛《はけ》のようになったスティックだ。ブラシでスネアを叩《たた》くと砂がこぼれるような音が出る。もちろん、演奏にはなくてはならないものだ。今まで、いろいろなことがあったけれども、こんな土壇場《どたんば》にきて、忘れ物に気づくなんてことは経験がなかった。

オーボエの音出しを済ませて、ステージのそでに来た鈴木部長が念を押すように言った。

「やっぱり、ないの?」

今朝からの多弁がぴったり止まっていた。瀬野良子も、鈴木部長も、藤尾さんも焦《あせ》りだそうとする心を、自分の低い声で押さえ込んでいる。ステージでは克久たちより三つ前の学校の課題曲の演奏が始まった。

「どうした」

クラリネットの音出しに付き合った有木がパーカスの雰囲気の硬さに気づいて、声を掛けた。クラリネットに続いて、フルートやサックスという木管部門の連中がステージのそでに集まりだしていた。続いて、トランペットが入って来る。トロンボーンが入って来る。コントラバスが運び込まれる後から、ホルンのメンバーが続いた。パーカスパート一同が息をのんだアクシデントは、まだ、花の木中学吹奏楽部全体には伝染していない。

藤尾さんから事情を聞いた有木は、今にも泣き出しそうな祥子の顔を眺めた。マーチを引っ張って行く祥子が、こんな情けない顔をしていては、ブラシがない以上に心配だ。有木は祥子に笑いかけたが、祥子は唇をぎゅっと結んで、ますます青くなってしまう。

「か、か、借りてきましょう。きっとどこか貸してくれる学校があるから」

一同の沈黙を破ったのは鈴木部長だった。そうか、そんな手があったかと克久は部長の言葉が終わらないうちにティンパニの前を離れた。有木と藤尾さんと鈴木部長それに瀬野良子はどこから借りるかの相談を始めた。

克久に借りるあてがあったわけではない。ただ、鈴木部長の口から「借りてきましょう」のひと言が漏れたとき、救われたような思いがして、身体が自然に動いてしまったのだ。身体は動いたけれども、頭はちっとも働いていない。ただ情けない顔のしょうちゃんを見たくないと思うばかりだ。「ラ・マルシュ」も「シバの女王」も祥子の打つ、生き生きとしたスネアがあればこそ、形になるのだ。もし、祥子の出す音がしぼんでしまったら曲の魅力は半減してしまう。だれが情けない音を出しても、同じことが起こるけれども、克久は、祥子の音は特別だと思う。

普門館のステージ裏は、これからの演奏に備えて楽器を搬入してくる生徒と、演奏を済ませて、楽器を搬出する生徒でごった返していた。ティンパニがごろごろと押されてやってくるかと思えば、マリンバがずるずると引っ張っていかれる。黒い楽器ケースが整然と整列したわきで、女の子たちが笑いさざめいていたり、クラリネットを片手にしたまま突っつきあったりしていた。生徒と楽器の間を縫って走って行く生徒もいた。大きな円筒形の建物だから、搬入口のあたりで、これから演奏に出る学校の生徒と、演奏を終えた学校の生徒が交じり合う。混雑の中で、演奏前の緊張と高揚が、演奏後の解放感と充実感を含んだ興奮と混合する。

これから自分たちの世界を創造しようとする人と、すでに世界を創造した人がここですれ違うのである。混雑の中には生徒ばかりでなく、幾人かの卒業生の姿も見えた。着慣れないタキシードを着て、汗をぬぐっている指揮者もうろついている。克久はそういう場所にいた。ステージの上手から下手へという流れがある中で、克久だけは流れに逆らうような歩き方をしたものだから、克久の行く先に小さな混乱の渦巻きが起きた。

演奏を終えた学校を捕まえてブラシを借りようという、しっかりした考えが、彼にあったわけではない。流れに逆らって歩くうちに、そういう手もありそうだと気づいたのだ。身体を動かすと知恵が湧いてくるというやつだ。しかし、いざ、だれかに借りようとすると今度は、どう切り出して良いか迷ってしまう。

搬出口で楽器をコンテナに積み込んでいるのは、女の子ばかりというのも、まずかった。ブラバンに女の子が多いのは驚かない。ステージ裏の通路も、女の子がうじゃうじゃあふれて、明るい声をあげている。これに驚いているようじゃ、ブラバンは務まらないとは思うものの、声をかけるとなれば別の話だ。それにそこにいるのは、克久とは別のイントネーションやアクセントでしゃべる女の子たちだ。

克久の耳になじみのないイントネーションの言葉が流れ込んでくる。不思議なアクセントの言葉が耳の中いっぱいになる。あきらかに日本語なのに、遠い国の言葉のように不可解な響きになって、頭の中に広がった。

「何か、ご用？」

カンと鐘が鳴ったように、鮮明な声がした。男の人だった。頭は茶髪、右の耳には金銀のピアスが交互に三個も整列していた。

「あ」

克久がそう言ったのは答えではなくて、茶髪にピアスの青年に見覚えがあったからだ。

太鼓打つ音　海山越えて
子どもが歌う声が頭のしんの方から響き出す。小倉の祇園《ぎおん》太鼓で、気を吐いていた青年が、聞き慣れないイントネーションとアクセントの渦巻きの中から急に顔を出したのだ。

茶髪は今どき、珍しくもないが、右の耳にピアスの穴を三つも開けているなんて、そうそうめったにいるものではなかった。

「僕たちに何か御用ですか」

ピアスの青年は、克久に向かって、丁寧に聞き直した。この青年のグループが叩いた太鼓の音は生き物の身体のような弾力があった。克久が聞いた祇園太鼓の競演会の中では一番好きな演奏だった。

「ブラシ？　ブラシって、これじゃなくて、こっちのほうね」

ブラシを貸してもらえないかと事情を説明した克久に、彼は茶髪をとかすしぐさをして、首を振り、続いて、スネアを叩く姿勢になった。パントマイムだけど、その姿勢がまことに良かった。やっぱり、ブラスでパーカスを担当したに違いない。

「ちょっと、ここで待っていて」

克久と話すときは、標準語なのに、仲間に向かって話すときは北九州のイントネーションだった。コンテナに荷物を積み込んでいた女の子の一人が「え、ブラシ」と言うような顔で太鼓を打つしぐさをすると、荷台にいた子が、「ああ、ブラシね」という顔で、やはりしぐさで答えた。

太鼓打つ音　海山越えて

克久の耳の中で、夏の日盛りに声をそろえて歌っていた子どもの歌声が響いていた。

ブラシは手から手へと渡されて、しまい込まれる楽器の流れをさかのぼるようにして、克久の目の前に現れた。ちょっと魔法みたいだ。

「このブラシでいいの」

ピアスの青年がスティックの先端を克久に見せて確かめた。

「ありがとうございます」

思い切り大きな声が出た。克久はブラシを握ると小走りに、ステージの上手のそでに向かって走った。

自分がどこの学校のなんという生徒なのかを名乗ってくるべきだったと気づいた頃には、混雑したステージ裏をだいぶ引き返したあとだった。せめて、相手がどこの学校のだれであるかを聞くべきだったと後悔したが、あまりにも自然に手渡されたので、そんな頭も働かなかった。克久はピアスの青年から手渡されたブラシを握り締めながら、走った。

「あった。あった」

「いた。いた」

茶色の目の田中さんが言うのと、ブラシを振りかざした克久が大きな声を出したのは同時だった。

「それ、五組目のブラシだ」

「五組目？」

「ベンちゃんが借りてきたのと、広田先生が調達したの。それに有木先輩も藤尾さんも、どっかから持って来て」

「なんだ、みんなで走り回っちゃったのか」

「ブラシはあったけど、今度はカッチンがいないって。ブラシなら借りられるけど、カッチンをどこかから借りて来るわけにはいかないからサ」

「突っ立っているだけなら、おれがトラで立っててもいいんだけど」

いつの間にか川島も来ていた。ティンパニ奏者のトラ、つまりエキストラなんて聞いたことがないと笑いながら、ステージのそでに走り込んだ。

「いたんだァ」

鈴木部長が田中さんに言った。この二人が口を利《き》くなんて、一年ぶりではなかったか。

「それ、どこから借りて来たの？」

鈴木部長が克久の手にしたブラシを目で示してたずねた。

「わかりません」

「だれから借りて来たの？」

「わかりません」

鈴木部長の小鼻がぴくっと膨らんだ。かんしゃくが破裂する前兆だ。

「解らないんですけど、茶髪にピアスのお兄さんで、見ればすぐ解ります」

「うん。そう」

彼女の小鼻はまだぴくぴく動いている。「茶髪にピアス」とつぶやいて、ふだんならそんな事をちゃんと聞いてこなけりゃ困るじゃないと甲高い声が飛び出るところだ。小鼻がぴくぴくするだけでなしにまゆもつり上がった時、克久は文句を言われる覚悟をした。が、彼女はほっとため息をつき、内ポケットから赤ペンを出し、メモ用紙の切れ端に「茶髪・ピアス」と書いた。

用意周到というのはこのことを言うのだと証明するように鈴木部長の制服の右のポケットから、二種類のテープが出てきた。一つはごく普通のセロテープ、もう一つは半透明の仮止めテープだ。二本のテープをちょっと見比べた彼女は、赤ペンで「茶髪・ピアス」と書いたメモ用紙の切れ端を仮止めテープでぴしっとブラシに貼《は》り付け、これでよしと一人でうなずいた。さすがは、コンクールの前の晩になると何か失敗するんじゃないかと不安で眠れなくなる鈴木部長だった。メモを貼り付けたとたん、小鼻がぴくぴくと動いたりしなくなった。

鈴木部長のポケットのテープは、克久が行方不明になっていた間にも、ちょっとした活躍をしていた。ミンミンのスカートのヘムの糸が切れていたのである。針なんか使っている暇はもちろんないから、これも、セロテープでぴっぴっと止めて補修した。しょうちゃんが「ワルイネェ」と目で謝っていた。花の木中学校の前の学校の自由曲の演奏が終了した。

ステージにはコントラバスとティンパニという大きな楽器から入場して行く。ここで手間どると、後が全部、遅れてしまう。運び込むのは演奏者自身である。そうは言っても、ティンパニすべてを克久一人で運ぶことはできないから、川島と有木が控えていた。「おい、調律《チューニング》は済んでいるだろうな」と有木が、克久の耳元で心配そうにささやいた。克久は無言でこっくりとうなずいた。

森勉が率いてきた花の木中学吹奏楽部である。

ティンパニが所定の位置に着く。コンクールの演奏のときは、もともとは軍楽隊であったという吹奏楽の出自が色濃く出る。魚屋のカッちゃんが出陣というのも、まんざら場違いではない。ステージの下手の奥に陣取ったティンパニの前で、克久は、いつも森勉に「ステージに上がったら、うろちょろ、きょろきょろするな」と言い聞かせられた通りに姿勢を正した。遠くから見れば、カッチンがコッチンになる瞬間である。

上手の奥ではマリンバやビブラホンの位置を決めるために瀬野良子が忙しく立ち働いていた。極上の笑顔でトロンボーンのアズモが入って来た。宗田、山村、谷崎のトランペットに続いて、生真面目《きまじめ》にホルンを小わきに抱えたメンバーが着席した。木管部ではオーボエの鈴木部長が全体に目を光らせている。結構、澄ました顔である。フルートとクラリネットはお互いのいすの位置を調整していた。チャコールグレーのスーツに着替えたベンちゃんが入ってきた。

ベンちゃんがチャコールグレーのダブルのスーツに着替えるのは特別な演奏の日だけだ。しかし、花の木中学吹奏楽部のメンバーには、この晴れがましいスーツは勇気とやる気がわいてくるおなじみの衣装だった。本当はテレ屋のベンちゃんである。だから蝶《ちょう》ネクタイやタキシードは苦手だ。それに背が低いのも、当人は結構気にしていたのかもしれない。けれども、靴だけは磨き込まれた黒のエナメル靴で、たぶん音大時代から大切に履いてきた品物に違いない。やや長めのズボンのすそから、よく光るエナメル靴をのぞかせながら、ベンちゃんはいつものように走り回る。こまねずみみたいに最終点検に忙しい。

こまねずみのベンちゃんが走り回ったところには、エネルギーが振りまかれていた。

鈴木部長のそばを通り過ぎる時、彼は町屋のまねをして「ぽちぽち、行きまひょ」と言ったから、金管低音部の町屋が照れ臭そうに笑った。

突然、それはまったく突然だったのだが、おそろしいばかりの重圧が克久の両肩にかかってきた。ひょっとすると、肩を動かすという単純な運動さえ不可能なのではないかと疑われるほどの重圧だった。こんな恐ろしさは経験したことがなかった。ほんとうなら、舞台のそでで調律をしている時から少しずつ、にじみ出すはずの緊張感であったかもしれない。それが、ブラシを探し回る騒ぎのおかげで、すっかり忘れている。ここにきて、一気にあふれ出したようだ。広い世界にたった一人で放り出された無限の圧力が克久を襲った。五千人のホールの重圧ではなかった。宇宙空間に放り出されたら、きっと、こんな感じがするだろう。

克久は固くなっていた。鼓手としての呼吸がまるでとれない。

ペダルに油を差しておくべきだったかなという考えがちらりと頭をかすめた。ペダルももちろん点検していた。きしんでいたということはなかった。それでも、油を差しておくべきだったかなと考えると、圧力で固まってしまった身体《からだ》に鼓手としての余裕が戻ってきそうだった。具体的な事実は、往々にして人間を無限の恐怖から救ってくれるものだ。克久も、この時、自然に覚えた知恵を発揮しかけた。

ペダルに油を差すべきだったかな。いや、大丈夫、特にきしんではいなかった。そういうふうに答えるはずの、もう一人の克久が、何も答えずに沈黙していた。一体、この沈黙は何なのだろう。ティンパニの前の少年の身体の中で沈黙と恐怖が一つになった。

ペダルを点検したという記憶が不確かになった。ここにはちゃあんと点検したよねと尋ねる相手もいない。すぐそばにいる祥子やマルちゃんに一言《ひとこと》、「ペダルきしんでいなかったよね」と念を押せば、簡単に消えるはずの不安が消えない。尋ねることができないからだ。むしろ、ますます濃くなっていく。克久の耳の中にはぎしぎしときしんでしまうペダルの音が聞こえていた。現実にその音を聞いたような気分だった。青い道具袋が頭に浮かんだ。いつも持ち歩いているキティちゃんの道具袋の中にはオイルが入っている。趣味じゃないと思っているキティちゃんの顔が、子猫ではなくて、猛獣の顔として浮かんできた。猛獣化したキティちゃんなんて、克久でなくて、他のだれに想像できるだろう。子猫でなく、虎《とら》のキティちゃんである。恐怖と沈黙が一つになった土壌の上に巨大な不安が、パニックの実をぶらさげながら育っていた。

仲間はすぐそこにいる。町屋智弘はチューバのそばにどっしりと座っていたし、ティンパニの向こうには山村正男と谷崎弓子のコンビの頭が並んでいた。マルちゃんが妙ににこにこしている。祥子が行くぞという顔をしている。瀬野良子はすべての楽器にストッパーをかけて、演奏の構えに入った。時間を気にして、まだちょっと焦《あせ》っているのはベンちゃんだが、いつだって、ベンちゃんは場内アナウンスが入るのと同時ぐらいに、指揮台のわきにたどりつくのだ。

克久が「ねえ、ペダルはきしんでいなかったよね」と仲間に一言、尋ねられないばかりに不安をつのらせたのは、時間にすれば、ほんの数分のことであった。客席から眺めれば、克久の姿は落ち着いた少年そのもので、彼の身体の中で恐怖と沈黙が一つになる瞬間に気づいたのは、広田先生ぐらいではなかったろうか。できることなら、「リラックス」と声をかけてやりたいくらいに、克久の身体が固くなっているのが解ったが、それだって、生真面目《きまじめ》そうに直立している少年の身体の中で、宇宙の神秘と呼びたくなるくらいの巨大な暗黒が恐怖と沈黙の結合物として広がるのを目撃できたわけではなかった。

「最初の一音がすごく怖いんだ」

昨年のクラリネット奏者である有木がそう言っていた。今年の最初の一音は、克久自身だった。いや、それは自由曲の話で、最初に演奏する課題曲の「ラ・マルシュ」の最初の一音は克久の担当ではなかった。ホルンが頭を担当している。そのホルンは全員、静かにベンちゃんが指揮台の横に到着するのを待っていた。

花の木中学校吹奏楽部のマエストロである森勉は場内アナウンスが響き始めたので、あわてて、指揮台の横へ滑り込んだ。毎度のこととは言え、きゃしゃな譜面台の間を、どこにもぶつからずに小走りする姿は子猿よりも素早かった。どうかすると、腰をひょいっと横へ曲げて、譜面台の角に衝突するのを危うく避けていた。

場内アナウンスで曲目の紹介が終わろうとする頃、ようやくベンちゃんが指揮台の横に到着した。両方の肩は激しく上下している。息を切らせているのだ。指揮台横に急行したベンちゃんは、まぶしいライトの中で観客の拍手を受けた。

克久はまだ不安を膨らませていた。恐怖と沈黙は結合したまま、離れようとしない。自分の手に五十人分の一年間にわたる努力がかかっているのだという考えさえ、不安の材料になった。

指揮台にあがったベンちゃんが指揮棒をとる。伏せられた彼の頭が上がり、居並んだ吹奏楽部のメンバーの顔を見渡す。

そのうれしそうな顔といったら、なかった。日本一の晴れがましさと言ってもオーバーではない。本番には決まってうれしそうな顔をするからこそ、日頃は「クレイジー」だとか何とか文句を言っても、ベンちゃんについていくメンバーだったが、この日の晴れがましさは特別であった。特上のとか、ピカイチのとか、いくら言葉を重ねても足りない。

幸福がそこに立っているという輝かしさだ。この幸福は全国大会に出られたなどというちっぽけな幸福ではなかった。幸福そのものとしか言いようのない輝きの放つ光は一瞬にして、五十人の部員全体を包んだ。光は一人一人を励まし、鼓舞し、勇気を与える。ステージに立つ前の指揮者は、音楽を構築するための現場監督で、荒々しくもあり、力仕事をしているようでもあるが、今日の指揮台に上がった指揮者は演奏家に勇気と希望と確信をあたえる存在となっていた。

つまり、指揮者というのは、そういうものだ。だから指揮棒は神聖なのだ。森勉の晴れがましさは、この、みんなが生きている世界を心底から信頼した人間の持つ晴れがましさだった。

わくわくする。

一言で言えばそういうことだった。ベンちゃんの顔を見たとたんに、みんな、身体がわくわくした。克久だって例外ではない。彼も指揮棒が振り下ろされた瞬間、仲間と一緒にわくわくしたのだ。ホルンの穏やかなファンファーレが響いた。ファンファーレとしては異色だが、これが「ラ・マルシュ」のファンファーレだ。

やわらかなホルンのファンファーレが響き渡った。金管楽器が、その穏やかなファンファーレをきらびやかに包み込む。

克久は恐怖と沈黙が結合した暗闇《くらやみ》の中から不意に自分が立ち上がるのを感じた。そこにいるのは五十人の仲間の努力を全身で引き受けようとする孤独な少年だった。沈黙と結合した恐怖の中では、彼は孤独ですらなかった。ベンちゃんの破顔一笑が彼に孤独でいることの勇気を与えたのだ。

ほんの数分間の、彼の心の中での出来事は幻ではない。音楽は演奏を終えてしまえば消えてしまうものであるし、音楽があったからと言って世の中の何かが変わるというものでもないけれど、一人の人間を確実に変える力はある。

孤独を取り戻したということは、克久という少年の輪郭が明瞭《めいりょう》になったということだ。他人には見える姿も、本人には輪郭が失われて、わけのわからない暗闇と同じものになっていることが、人間の世界では珍しくない。だれにだって、そういう自分の輪郭が失われてしまう時間は訪れるものだし、だれの隣にも輪郭を失ったままの人間が存在する可能性がある。克久が数分の間に経験したことは、大人が虚無と無秩序と呼ぶ混乱の中から人を救い上げるのは、うれしさを伴った信頼感の表明以外の何ものでもないということだった。ベンちゃんは全身で信頼ということを表明しているのである。

「ラ・マルシュ」はやわらかなマーチである。軍隊が行進するようなマーチではなく、街をそぞろ歩く人々が、自然にリズムをとって歩きだしてしまうような、和やかなマーチだ。歩く人々の中にはパン屋もいれば、コックもいるし、犬を連れた散歩中の婦人もいるし、おしゃれ小僧を自認する青年もいれば、ひげのおじさんもいるという街の雑多な人々が風に誘われて、歩みを一つにしてしまうという曲だった。花の木中学校吹奏楽部の音は明るくて朗らかなうえに、軽々としていた。軽さを祥子のスネアがあまり前に出ずに、しっかりとまとめ上げていた。

ベンちゃんの指揮棒が止まった。

ぴたりと音が止《や》む。

会場から、こんこんとせきをする声がした。

課題曲から自由曲へ変わるほんの数秒の間、五千人のホールは最も静まる。克久は背筋を伸ばした。酷《むご》いくらいの冷静さが彼を包んでいた。金属の白い光のような冷静さだった。これから克久が作り出すのは「ラ・マルシュ」に流れていたのとは種類がまるで違う時間の流れである。彼は耳を澄ました。彼の目も澄んでいる。唇はきゅっと結ばれていた。

ベンちゃんと目が合った。ベンちゃんの目は克久だけでなく、全員を眺め渡す。

指揮棒が上がる。

克久は最初の一音を抑制の利《き》いた鈍い音で響かせた。頭から数小節は彼の独壇場である。自由を謳歌《おうか》する都市の住人の楽しげな行進から、場面はソロモン王のおひざ元の繁栄に浴する都の精悍《せいかん》な青年たちが集う眺めへと、一瞬にして変わらなければならない。軽やかでモダンな響きから、古雅で雄々しい響きへと、演奏の質も変化する。その変化を告げるのが冒頭から数小節のティンパニのソロである。五千人の目が克久一人に集中する。五千人がティンパニの音に耳を傾ける。

そこにはソロモンの栄華と謳《うた》われたエルサレムの都を照らし出す陽の光が広がる。五千人が息をのみ、花の木中学吹奏楽部と一緒に呼吸をする。まあ、神に愛された知恵者のダヴィデの息子であるソロモン王の御威光に輝くエルサレムの都にも、シバの女王の来訪にそっぽを向いていた変わり者もいただろうし、都のにぎわいから取り残された貧民もあったに違いないから、五千人のホールにも、そういう、こぼれた聴衆はいる。にもかかわらず最初の数小節で、克久は観客が息をのむのを見た。

軽やかでモダンな響きも花の木中学吹奏楽部らしい個性の出た音ならば、たった今、ティンパニの音で始まった古雅で雄々しい響きもまた、彼らのスピリットの表れたものだ。磨き上げれば、こんなに雄々しいスピリットが彼らの五体の中にもちゃんと宿っているのだという証明のような演奏だった。

克久にはベンちゃんが五千人の聴衆を率いているように見えた。自分たちの指揮者だと感じてきた森勉が、聴衆の代表として、指揮台の上に晴れやかに立っているのを見た。彼が酷いくらいの冷静さをたたえたのは、この大きな呼吸を全身で受け止めるためであった。克久の位置からベンちゃんを見れば、群衆を率いて押し寄せてくる先頭の位置だった。

ステージに向かって最前列から三列目で、田中さんがまばたきもせずに、茶色の目で演奏するメンバーを見詰めている。有木も川島も、何度となく注意が飛んだ場所を承知していて、問題のフレーズが近づくたびに息をのんでいた。

闘いによってエルサレムを掌中にしたのはソロモン王の父であるダヴィデだった。ダヴィデの聡明《そうめい》さを受けついだソロモンは、血で血を洗う闘争より、交易と理財と商業にその英知を傾けた。ダヴィデの時代には戦によって流された血を、ソロモン王の時代には建設工事に流す汗に変えた。

父の時代は戦の時代であった。戦では血が流された。しかし、子の時代は土木工事の時代となった。戦で流された血は、土木工事の汗の滴《したた》りに変わった。克久たちが演奏しているのは、そういう時代の若者たちの躍動を描いた「戦いの踊り」である。理財の才能に恵まれたソロモン王はまた豪奢《ごうしゃ》と快楽を追い求める男であった。彼の後宮には異教徒の女たちまでもが集められた。彼の好む青年は、見目麗《うるわ》しい目鼻立ちを、よく鍛えぬかれた筋肉とともに所有していた。彼の国土の建築物には莫大《ばくだい》な血税が費やされたように、彼の好む青年たちはち密な細工を施された黄金、白金の腕輪、耳飾りなどで、ぜいたくに飾り立てられた。しかし、その均衡のとれた肉体は惜しげもなく、白日のもとに誇示された。

交易が盛んなエルサレムには、富を求めて白い人も黒い人も黄色い人もやって来る。ソロモン王が好む屈強な若者たちの中にも、白い人、黒い人、黄色い人がいた。まず、すばらしい跳躍力を誇らしげに見せながら、踊り出るのは白い肌を赤銅色《しゃくどういろ》に焼いた若者だ。金管楽器は、若者のしなやかな裸体を表す。かつての血なまぐさい戦いの記憶を、若者は知恵と勇気を様式化した舞踊として表現する。金管の高音部が興奮した若者と一つになり、どうかすると走り出すのが、この場面だ。走るということと、高揚するということは決して、一つの事柄ではない。森勉は長い練習期間、それを一音一音へ注意力を発揮して、具体的な音の質として伝えてきた。しかし、中学校に通っている少年や少女の身体《からだ》の中では、走ること、急ぐことは、高揚感とまだ区別がつけがたい。命の燃え立つ感触はそのまま走ることと急ぐことに、いとも、たやすく結び付いてしまう。

練習中、何度となく、繰り返し、「お前ら暴走族だ」と罵声《ばせい》を浴びせられてきたフレーズへとさしかかった。祥子のスネアが、長槍《ながやり》を手にした黒い肌の男の登場を告げた。ソロモン王の従者である。演奏する少女と少年の身体に深く染《し》み付いたパッセージがいやでも沸騰《ふっとう》する。夜、寝床の中でぐっすりと眠り込んでいる時にさえ、どうかすれば、染み出してくるのが、それぞれの担当するパートのパッセージである。音と音が絡《から》み合いながら応答し、協力し、そして、時には裏切りの方向へも響いた。

今日のベンちゃんは「走るな」とは叫ばない。メンバーとともにうたっていた。うたいながら走っていた。メンバーはタクトを信頼していた。自分自身では速いのか遅いのか解《わか》らなくとも、タクトは信頼できた。耳の底にはピッチを合わせろという教訓が染み込んでいる。

曲はソロモン王と同盟を結ぶためにエルサレムを訪れたシバの女王の目覚めの場面へと変わる。うまし眠りから覚めた女王は、太陽の明るさをたたえ、朝の空気をたたえて舞うスローテンポへと変化する。テンポの切り替えに身体がついていくかどうかが勝負だった。

克久の耳の底にも「ピッチを合わせろ」という教訓が染み込んでいた。だから、彼は耳を澄ます。そして耳の告げたタイミングよりベンちゃんのタクトの告げるタイミングを信じる。全体の音がとれているのは指揮者なのだ。克久の耳の底から大きな水平線が現れた。目ではない。夏休みに鎌倉の材木座で見たような水平線は、他の仲間と音の高低を合わせようと澄ました耳の底から広がった。少年の耳の底には広い水平線があった。水平線のかなたからは同盟を結ぶ祝いの財宝を積み込み、大勢の従者を従えて、自ら出向いたシバの女王が乗る船が白い帆を見せた。なぜか、克久のシバの女王は茶色の目をしている。大きな水平線が耳の底に広がった時、彼は自分が何を憎んでいるのか知った。耳は目に通じ、目は鼻に近く、鼻は唇に息を吹き込んでいた。克久が憎んでいたものは、生き生きとしたものを殺してしまう何かだ。何かというのはあいまいなものではない。これは感覚の代数だ。この代数には人間の健康な感覚の息の根を止めてしまうものなら、何でも代入できる。克久にはこの代数の計算式がすっきりと見えた。

スローテンポの「夜明けのベルキスの踊り」から曲は再び素早くテンポアップして「饗宴《きょうえん》の踊り」へと変わる。ソロモン王とシバの女王の同盟が結ばれたことを祝う宴《うたげ》だが、饗宴というより狂宴の文字が使いたくなるくらいの激しい音の応酬が繰り広げられる。フルートやクラリネットでさえ強烈な自己主張の音を立てる。ピッチを合わせるという訓練がすみずみまで行き渡っていなければ、ここまで、どんなに上手な演奏をしてきても、音は割れ、曲はばらばらになってしまう。まして、体力的にも十分に慣熟したとは言い難い演奏者たちなのだから、このあたりにくればバテてくるのも無理のないところだ。だから、トランペットは高音に昇り切れずに、ひゅうひゅうとかすれた。細部のミスを数え上げればきりもないが、半分以上は気力と気勢で押し切っているところに、演奏のすごみが出る。らんちき騒ぎに突入した祝宴の絢爛《けんらん》が表れる。

絢爛とした祝宴を収めるのは、克久のティンパニであった。彼が開いた時の扉を、彼自身の手で閉じるのである。克久はタクトからの合図を待って、居住まいを正していた。

ソロモンの配下とシバの女王の従者の祝宴もいよいよ大詰めであった。終始、晴れやかな森勉のタクトが克久に向かって、この絢爛の時を閉じようと合図を送った。

克久が軽やかにマレットを振り下ろす。マレットはティンパニの表面から、まるで呼吸でもしているように、跳躍してきた。マレットが生きているかのようだ。

ティンパニの轟《とどろ》きとともに、森勉のタクトが終わりを意味する円を描いた。音はぴたりと止んだ。

会場からはせきばらいの声一つしない。まだどこかに今し方まで、身体全体をわくわくさせた高揚感が残っているのではないかと探しながら迷うような視線が客席のあちこちにあった。

人間の命に素手で触れた興奮のあとの深い沈黙の数秒間のあと、客席全体から、「おおう」とも「うんん」ともつかない感嘆の声が低く湧《わ》き上がってきた。一人、一人の声は隣の人にようやく聞こえるほど小さな声だが、五千とまとまった時、それは地から湧き上がる賛辞の響きとなった。

低いうなり声のような響きを、大きなダミ声が破る。

「ブラボォ！　ブラボォ！」

二階の正面あたりだった。声の主は茶髪にピアスのあの青年だった。克久の位置から彼の顔は奇妙なほどはっきりと見えた。ちょっとだけ手を振って答えたい誘惑にかられさえした。「ブラボォ！　ブラボォ！」の声で、客席は聴くことの集中力の呪縛《じゅばく》を解かれ、ざわめきと拍手が起こる。次の「ブラボォ！」はだれの声か、花の木中学校吹奏楽部の全員にすぐ解った。低音の響きは川島のものだ。

森勉が満足そうで安らかな笑顔で指揮台を下りた。

昨年の秋、有木が「今じゃなければできない演奏がある」と言った言葉の意味を、克久は温かな生き物の身体を抱き締めるように解った。ちゃんと腕や手に言葉の感触があった。拍手はまだ続いている。

拍手の中にいやに早口で「ブラボォ、ブラボォ、ブラボォ」と言う声が交じっていた。克久の位置からだと少し背伸びをしなければだれだか解らない一階席である。伸び上がって見れば、そこに魚屋のカッちゃんがいた。田中さんのすぐ近くの席だ。カッちゃんが「ブラボォ」なんて言うのはきっと今日が初めてだ。次の出演校が「今でなければできない」演奏をするために、克久たちは迅速にステージを空けなければならない。克久は二階席にいる両親のことをすっかり忘れていたが、きっと彼らは彼らで、二人だけの話をしているだろう。

解説

勝又浩

最近、ごく短い時間ではあったが、全国あちこちの高校生たちと話をする機会があって、その中で一人の女子がブラスバンドに属していると聞いたので、早速、『楽隊のうさぎ』は知っているかと尋ねてみた。彼女はうれしそうに顔を上げて、お母さんに教えられて読んだが、面白かったので「みんなに回しちゃいました」という返事であった。まるで自分たちのことを書いているのではないかと思うところがいくつもありましたというのがその感想だったが、会話は、それはどんなところだったのかと尋ねるまで行かずに終わってしまったのは、いま思えば残念なことであった。しかしおそらく、ブラスバンドではパーカッション、打楽器をやっているという三年生の彼女には、『楽隊のうさぎ』の主人公奥田克久少年と重なるような体験や心情がたくさんあったのであろう。

いま、巷《ちまた》の噂《うわさ》にも等しいようなこんなエピソードを紹介したのは他でもない、現代の小説で、若者たちにこんなふうに読まれている作品はごくごく珍しいことだと思われるので、まずそのことをここに強調しておきたかったからだ。

言えば今更めくが、かつてのように社会全体が知的なもの、文化的なものへの憧《あこが》れを強く持っていた時代には、書物も、読書という行為もそのなかにあったから、若者には少々難しいような文学書もそのまま、そういうものだとして、あるいはむしろ有り難く受け入れられていた。しかし今、日本が高度な文明社会にあることを誰もが疑わないような時代のなかで、文化は憧れではなく、むしろ消費されるべきファッションなのであって、難しい文学や面白くもない小説などに付き合うのはごく一部のマニアのやること、常識的な一般人はそんなものに近づかない、というのが実状ではないだろうか。さかんに言われる若者の活字離れだとか、文学の凋落《ちょうらく》だとかとされる現象の実体はそんなところにあるのではないだろうか。何しろ高校生の間では、文学部志望は硬派だと言われてしまう、そんな時代なのだ。

もちろん、こんな時代でも若者たちに人気のある作家がいないわけではない。ただ、ここに名をあげるまでもないと思うが、そういう作家を親たちの方はまるで知らないし、逆に、親や教師が薦めるような作家作品は若者たちには全く興味がない、といった具合に分極化しているのが、今の読書界の不幸な実状なのである。

話が少し広がりすぎたかもしれないが、要は文学にとってこういう難しい時代のなかで、この『楽隊のうさぎ』が若者をつかみ、その親たちをもつかんでいる事実は、どれほどか強調されてよいことだと言いたいまでである。

ところで、『楽隊のうさぎ』がこんなふうに受け入れられている、その秘密の一端には、この一編が持ったいろいろな意味でのバランス感覚の良さがあるのではないだろうか。たとえば、こんな一節がある。

「あ、いやだ、いやだ。もう、いや、みんなうわの空なんだから」きょとんとした克久の前で百合子がじれったがった。「あ、これはなんだかヒサンなことになっちゃったんだ」と克久が思った通り、その晩、百合子は怒り出して、小言がしばらく止まらなくなった。最初は小言でも何でもなくて、福岡へ行こうという提案だったのは百合子の頭からもすっぽ抜けてしまったのだ。

母親がキレてしまった場面である。彼女は、これから開店する自分の陶器店のための仕入れをかねて、息子を福岡の生家に連れて行こうと考えている。来年はもう受験準備で、夏休みといえども長い旅行などはできないだろうからと、彼女にしてみれば深慮遠謀の上の提案なのだ。ところが、すでに母親と一緒の旅行を喜ぶような年齢を越えている息子は、母親の期待したような反応は示さない。目下、夏休み中も一日も欠かさない練習のことで頭はいっぱいだし、第一、あまり馴染《なじ》みのない伯父さんに会うのなぞも気が重いだけなのだ。絶対に嫌だというわけではないが、真剣に考えてみたいような問題でもない。というわけで、話の途中でうっかりテレビをつけてしまったのだが、普段から、人にものを言う時はきちんと顔を見なさいと言っているくらいの母親だから、息子のこんな失礼を見逃すというわけにはいかない。「あ、いやだ、いやだ」とキレてしまったわけである。

さらりと描かれたこんな場面も、細かく解説するとなればたくさんのことばが必要だが、また解説などいらない、どこの家庭でも見られるごく平凡な光景でもあるだろう。この克久少年の役割を、私などはいい歳《とし》をしていまだに演じ続けていて、しばしば家人の一撃を食らっているのである。

誰にも思い当たるこんな場面を、作者は母親にも息子にも付きすぎず、偏《かたよ》らず、一種ユーモア小説にも似たセンス、バランス感覚をもって描いている。そんなところが読者を安心させる第一の魅力である。後半、帰宅した克久少年が父母のキス・シーンに出会して驚き、小さな家出にも似た行方不明の時間があって両親をやきもきさせる事件が描かれるが、友達とお喋《しゃべ》りしていたと言って何事もなく帰ってきた息子を母親はそれ以上追及しなかったし、父親も、息子の女の子とのお喋りを冷やかすこともしなかった、として作者は、「百合子も久夫も克久も、ちょっとずつだけ、ほんとうのことを言わないでいた」と、このエピソードを結んでいる。隠し事のないはずの親子夫婦の間でも、こういうことがあるなと、思い当たる人も多いであろう。生活の中では、真実は時に見ないこと、覆《おお》うことが知恵であり、愛情でもあるのだが、作者の背骨の通ったヒューマニズムが、こんな何気ない一節にも見えるのではないだろうか。

こうした、「まるで自分たちのことを書いている」ようなところを拾い上げていてはきりがないが、この小説が見せている独特なバランス感覚、人間を一段も二段も離れたところから見ている、優れて客観的で冷静な視線の例として、次の一節をあげておこう。克久少年がいじめに遭うが、その問題を語っているところである。

何のために標的を探すのかと言えば、いたぶる相手がいれば、いじめる方も、自分が血の通った人間である感触を取り戻せるからだ。奇妙な表現に思えるかもしれないが、結局、いじめにかかる方も、あっちこっちで感情や自尊心を傷つけられてきている痛みを、押し殺して我慢しているのだから、他人の苦しみを見て初めて自分の痛みが解放できるという具合になっている。標的を探しているというのはそういう意味だ。

ここでも、作者が人間を単純に加害者と被害者とに分類して、その一方からの利害得失を暴《あば》いたり告発したりという、ジャーナリズムが装《よそお》う正義に与《くみ》していないことに注意したい。ここを読んではっと思った読者も多かったのではないだろうか。いじめの方に回ってしまう子供、彼らの孤独をこそ、我々は理解しなければならない。いじめは、いま日本全国の教育現場での最重要問題であるから、少年を主人公にしたこの小説でも避けては通れなかったであろうが、ここには教育問題としてのいじめや、社会問題としてのいじめというのではない、まさに文学としての、人間学としての視線があることを言っておきたい。

ところで、こんな一節をピックアップしてみると、改めて明瞭《めいりょう》になってくるのは、この小説全体の視線という問題である。この一節は主人公克久少年の視線でも、母親の視線でもない、いわば作者が直接顔を出して読者に語りかけているが、このスタイルを見ておやと思う読者もあるに違いない。と言うのは、この作者は一方では知られた先鋭的な現代小説の書き手であって、そちらでは、こうした全登場人物たちを鳥瞰《ちょうかん》するような、いわば何でもお見通しの神様のような視点などは採っていないからだ。この作者の、たとえば『野ぶどうを摘む』でも『女ともだち』でも『水平線上にて』でも、何でもよいが彼女の他の仕事を少しでも知る読者から見れば、この『楽隊のうさぎ』は、文学論的に言えば明らかに一歩退いた手法だと思われるはずだ。これにはおそらく、この小説が中学生を主人公にしていること、しかも新聞連載小説であるという発表の場への配慮があったのだろう。だが、この場合はそれが、結果から言えば読者のためのみならず、作者自身のためにもよい働きをもたらしたのだと思われる。どの登場人物のなかにも自由に入り込み、人物自体がそれぞれ互いに照らし合い、補い合っているような構造、またときに作者が直接読者に語りかけもする自由さ、自在さが、この小説をとても風通しのよい作品に仕上げているからだ。

こうした余裕ある作者の遊び心や読者サービスはいろいろなところに見られるが、その一つ「うさぎ」については一言触れておかなくてはならないだろう。

周囲に嫌なことがあると心にも身体《からだ》にもすっとシャッターの降りてしまう、自閉か、閉じこもりにもなりかねない子供であった克久少年は、ある日、花の木公園で偶然兎《うさぎ》を見かけてから、彼のなかに一匹の兎が住み着くようになった。

ベンちゃんにかなり強い口調でものを言われても、裃《かみしも》を着たうさぎは平気で歌を歌っている。時には、わざとかしこまって平身低頭していたりする。克久自身でさえ、理解しがたいうさぎの朗らかさで、うさぎが平身低頭すると、胸のうさぎの飼い主である克久も、ちゃあんと謝るのだが、謝っているという感じがしなかった。

裃を着けた兎とはまるで福助人形のようでおかしいが、それともこれは鳥獣戯画の兎だろうか。ともあれ兎は彼のアイドルであり、マスコットであるのだが、思春期の一番難しい時期を彼はこんなふうにして乗りきって行くわけだ。少年にこんな洒落《しゃれ》たお守り袋を持たせてやった作者の心遣いに、うーんと唸《うな》る思いであったが、このアイデアは、もしかするとパソコンのヘルプ機能をクリックすると飛び出してくる、あの愛嬌者《あいきょうもの》のイルカから来ているのではないかなと、私は——この夏初めてパソコンなる物を買って目下苦労している私は——想像している。

（平成十四年十一月、文芸評論家）

この作品は平成十二年六月新潮社より刊行された。

阿川弘之著

雲の墓標

一特攻学徒兵吉野次郎の日記の形をとり、大空に散った彼ら若人たちの、生への執着と死の恐怖に身もだえる真実の姿を描く問題作。

安部公房著

無関係な死・時の崖

自分の部屋に見ず知らずの死体を発見した男が、死体を消そうとして逆に死体に追いつめられてゆく「無関係な死」など、10編を収録。

有吉佐和子著

恍惚の人

老いて永生きすることは幸福か？　日本の老人福祉政策はこれでよいのか？　誰もが迎える〈老い〉を直視し、様々な問題を投げかける。

青山光二著

吾《わぎ》妹《も》子《こ》哀し

川端康成文学賞受賞

少しずつ壊れてゆく認知症の妻。だが、夫の老作家は、老いた妻の姿に、若い日の愛の記憶を甦らせていた……。川端康成文学賞受賞作。

嵐山光三郎著

文人悪食

漱石のビスケット、鷗外の握り飯から、太宰の鮭缶、三島のステーキに至るまで、食生活を知れば、文士たちの秘密が見えてくる——。

嵐山光三郎著

悪党芭蕉

侘び寂びのカリスマは、相当のワルだった！　犯罪すれすれのところに成立した「俳聖」の真の凄味に迫る、大絶賛の画期的芭蕉論。

秋山駿著
信長
野間文芸賞・毎日出版文化賞受賞

非凡にして独創的。そして不可解な男―信長。東西の古典をひもとき、世界的スケールで比類なき「天才」に迫った、前人未到の力業。

石川達三著
青春の蹉《さ》跌《てつ》

生きることは闘いだ、他人はみな敵だ――貧しさゆえに充たされぬ野望をもって社会に挑戦し、挫折していく青年の悲劇を描く長編。

井伏鱒二著
黒い雨
野間文芸賞受賞

一瞬の閃光に街は焼けくずれ、放射能の雨の中を人々はさまよい歩く……罪なき広島市民が負った原爆の悲劇の実相を精緻に描く名作。

井上靖著
あすなろ物語

あすは檜になろうと念願しながら、永遠に檜にはなれない〝あすなろ〟の木に託して、幼年期から壮年までの感受性の劇を謳った長編。

石原慎太郎著
太陽の季節
文学界新人賞・芥川賞受賞

太陽族を出現させ、文壇に大きな波紋を投じた芥川賞受賞作「太陽の季節」は、戦後の社会に新鮮な衝撃を与えた記念碑的作品である。

井上ひさし著
ブンとフン

フン先生が書いた小説の主人公、神出鬼没の大泥棒ブンが小説から飛び出した。奔放な空想奇想が痛烈な諷刺と哄笑を生む処女長編。

色川武大著

百

川端康成文学賞受賞

百歳を前にして老耄の始まった元軍人の父親と、無頼の日々を過してきた私との異様な親子関係。急逝した著者の純文学遺作集。

色川武大著

うらおもて人生録

優等生がひた走る本線のコースばかりが人生じゃない。愚かしくて不格好な人間が生きていく上での〝魂の技術〟を静かに語った名著。

伊集院静著

海峡

—海峡 幼年篇—

かけがえのない人との別れ。切なさを噛みしめて少年は海を見つめた——。瀬戸内の小さな港町で過ごした少年時代を描く自伝的長編。

伊集院静著

春雷

—海峡 少年篇—

篤い友情、淡い初恋、弟との心の絆、父への反抗——。十四歳という嵐の季節を、少年は一途に突き進む。自伝的長編、波瀾の第二部。

宇月原晴明著

信長あるいは戴冠せるアンドロギュヌス

魔性の覇王・信長の奇怪な行動に潜む血の刻印。秘められたる口伝にいわく、両性具有と……。日本ファンタジーノベル大賞受賞作。

遠藤周作著

沈黙

谷崎潤一郎賞受賞

殉教を遂げるキリシタン信徒と棄教を迫られるポルトガル司祭。神の存在、背教の心理、東洋と西洋の思想的断絶等を追求した問題作。

江國香織著

神様のボート

消えたパパを待って、あたしとママはずっと旅がらす……。恋愛の静かな狂気に囚われた母と、その傍らで成長していく娘の遥かな物語。

江國香織著

こうばしい日々

坪田譲治文学賞受賞

恋に遊びに、ぼくはけっこう忙しい。11歳の男の子の日常を綴った表題作など、ピュアで素敵なボーイズ&ガールズを描く中編二編。

大岡昇平著

事件

推理作家協会賞受賞

結婚相手の姉を殺害した容疑で少年が逮捕された。裁判は予想に反して複雑な様相を呈していく——裁判における〈真実〉の意味を問う。

大江健三郎著

芽むしり仔撃ち

疫病の流行する山村に閉じこめられた非行少年たちの愛と友情にみちた共生感とその挫折。綿密な設定と新鮮なイメージで描かれた傑作。

大江健三郎著

人生の親戚

伊藤整文学賞受賞

悲しみ、それは人生の親戚。人はいかにその悲しみから脱け出すか。大きな悲哀を背負った女性の生涯に、魂の救いを探る長編小説。

小野不由美著

屍鬼

(一〜五)

「村は死によって包囲されている」。一人、また一人、相次ぐ葬送。殺人か、疫病か、それとも……。超弩級の恐怖が音もなく忍び寄る。

小林信彦著

唐獅子株式会社

任俠道からシティ・ヤクザに変身！ 大親分の指令のもとに背なの唐獅子もびっくりの改革が始まった！ ギャグとパロディの狂宴。

坂口安吾著

堕落論

『堕落論』だけが安吾じゃない。時代をねめつけ、歴史を嗤い、言葉を疑いつつも、書かずにはいられなかった表現者の軌跡を辿る評論集。

沢木耕太郎著

人の砂漠

一体のミイラと英語まじりのノートを残して餓死した老女を探る「おばあさんが死んだ」等、社会の片隅に生きる人々をみつめたルポ。

沢木耕太郎著

檀

愛人との暮しを綴って逝った「火宅の人」檀一雄。その夫人への一年余に及ぶ取材が紡ぎ出す「作家の妻」30年の愛の痛みと真実。

北村薫著

スキップ

目覚めた時、17歳の一ノ瀬真理子は、25年を飛んで、42歳の桜木真理子になっていた。人生の時間の謎に果敢に挑む、強く輝く心を描く。

志賀直哉著

小僧の神様・城の崎にて

円熟期の作品から厳選された短編集。交通事故の予後療養に赴いた折の実際の出来事を清澄な目で凝視した「城の崎にて」等18編。

楽《がく》隊《たい》のうさぎ

新潮文庫　な - 46 - 1

平成十五年一月一日発行
平成二十一年六月十五日十三刷

著者　中《なか》沢《ざわ》けい

発行者　佐藤隆信

発行所　株式会社 新潮社

郵便番号　一六二―八七一一
東京都新宿区矢来町七一
電話 編集部(〇三)三二六六―五四四〇
　　 読者係(〇三)三二六六―五一一一
http://www.shinchosha.co.jp

価格はカバーに表示してあります。

乱丁・落丁本は、ご面倒ですが小社読者係宛ご送付ください。送料小社負担にてお取替えいたします。

印刷・株式会社三秀舎　製本・株式会社植木製本所

ISBN978-4-10-107231-9 C0193